祝曼峰　口述

董煜　孫駿毅　撰稿

文匯出版社

序

郭丹的妈妈要出书了，郭丹请我写序。

照理，我已退休，像这样作序的事，我一般都是推辞的，但为郭丹妈妈作序，我却答应得很爽快，因为我跟郭丹相识多年，是忘年交，我愿意为她尽点力。更因为一个名家后代，一个九十四岁的老人出书，有着别样的价值和意义。人这一辈子，除了吃饭休息，有效的时间并不多，很有限，所以能在晚年成就一本书，实在是可喜可贺的。

郭丹妈妈叫祝曼峰，是祝枝山的后人。她家境优渥，衣食无忧，又受过良好的教育，照理可以每天吟诗习字，闲暇一生，但她却发下大愿，做一名治病救人的医生，为天下苍生奉献大爱。一个医术高明的好医生，是病患的福音，而且，这个好医生还是无师自通的，靠着一橱的医书和自己的聪慧，祝家四小姐就此成了上海滩的一个名医。管中窥豹，从书中那几个简单的行医故事，不仅可以了解老太太解决疑难杂症的高明医术，还能看到她免费为贫民诊治的大慈悲心。读之让人感怀。

身为祝枝山传人，祝曼峰虽然也遵循祖训，自小习字，但她却把书圣后人的传承重任，放在了小女郭丹身上。祝枝山自幼天资聪颖，才智非凡，五岁时就能书一尺见方的大字，九岁便能作诗文，十岁已博览群书，文章瑰丽。上天对祝枝山的眷顾，穿越了数百年，又在他的传人郭丹身上显现出来。肩负着家族的期望，郭丹也五岁开始练字，不到三十岁，在书法上已有相当的造诣，如今，早已功成名就成为一代大家。郭丹的成功，有她自己的因素，但更多的，还是要归功于她妈妈当年的坚持和培养。所以我说，郭丹妈妈这一生真是了得，不仅自己积善积德，也为中国文化的传承，立下了不可磨灭的功劳。

我认识郭丹的字先于她的人。那年，偶然一个机会，我见到了郭丹用小楷书写的信札。我见识过很多名家的书法作品，但那信札上的书法，那运笔的老到，都让我以为出自于一个老夫子之手。谁知见了面才发现原来是一个美女。郭丹为人率真，坦荡无私，虽然年轻，却是个令人敬重的人。字如其人这句老话，看来是很有根据的。

那次去郭丹家，认识了郭丹妈妈，一个思路清晰、反应灵敏、幽默乐观的老太太。饭后一时兴起，她便拿出纸笔泼墨挥毫，九十多岁高龄，居然手不抖气不喘，几个大字一气呵成，功力非凡，令人惊叹。以她这样的身体精力，活个一百多岁，是绝对没有问题的。

每个人的一生都是一本书，希望郭丹妈妈的这本书，能让大家喜欢。

朱建宇

2013 年秋

自序

我叫祝曼峰，小名兰宝。属猴，1920 年出生，今年已经虚岁九十四，是个老"猢狲"了。曾经有人帮我看手相，看生命线，说我一生有两个关口，我即使能过第一关，第二关无论如何也是活不过去的，但是，我都顺顺当当地活过来了。那个人后来看到我也无话可说，就说大概我阎罗王簿子上的名字已经被孙悟空撕掉了，所以我可以一直活下去了。哈哈！

人家形容时间过得快都说"眼睛一眨"，活到我这个年纪，有三万多天，眼睛不知要眨上多少眨了，但是小时候的情景，仍然历历在目，忘都忘不掉。女儿们就说，现在明星都喜欢出书，妈妈你也出本回忆录，当一回明星吧。

我不想当明星，但我愿意回忆我的过去，因为我的一生是快乐的，富足的，自由自在的。回忆过去，是件非常开心的事，就好像又重新活了一遍。

这山望着那山高，是大多数人的心理。很多人总觉得别人过得比自己好，说自己是生不逢时，可是每个年代都有每个年代人的活法，每个人的一生，都是独一无二的，都是值得珍惜回味的。所以我对自己的一生很满意。

把这本书叫作生逢其时，是对我这一生的肯定，也是个纪念。

目录

第三章 最亲近的家人

第四章 菩萨心的神医

第五章 金不换的岁月

第一章　老祖宗的传说

算起来，我该是祝氏第十四代孙了。

记得小时候，每年腊月二十四，家里人都要祭祖。八仙桌上要摆上鱼肉鸡、如意菜（黄豆芽），四周摆上酒盅、碗筷，筛满黄酒，点上香烛，从长辈到晚辈挨个儿给老祖宗磕头。朝南的主位上，总会摆上一只金边海碗，特别大，我的奶奶就会指着那只海碗悄悄告诉我："丫头，快去给你老祖宗祝老太爷磕头呀。"

我好奇地问："祝老太爷是啥人啊？我见过吗？"

奶奶笑道："奶奶我也没见过，是奶奶的奶奶传下来的规矩。在苏州的祝氏一脉，就是老祖宗留下来的根。"

我更奇怪了："祝允明是啥人啊？"

"祝家的老祖宗啊，"奶奶笑笑说，"说来话长，等以后慢慢讲给你听。"

那是我从奶奶的嘴里断断续续听来的老祖宗的故事，也是奶奶的奶奶的上几代人口口相传的故事。

那时候，我的父亲收藏过一些老祖宗留下来的书画，好像还有一本纸质泛黄的竖线本，用蝇头小楷密密麻麻抄满了祖宗们的名字，这些东西有的在"逃难"（指 1937 年 11 月日军占领苏州前，很多苏州乡绅人家逃到光福、东山一带去避难）时失落了，有的在"文革"时烧掉了。可以追寻先祖足迹的文字散落了，但对老祖宗的记忆却不会散落。

一晃九十多年过去了，老祖宗留下的文房四宝早已落满灰尘，但那些传说好像还鲜活在我的记忆里。我的女儿与她的朋友们从《明史》《明史补缀》、地方志及民间传说中陆续搜集到祝枝山的史料和故事，拾零为整，如同元青花的碎片可以拼接出中国瓷器的灿烂，这些零碎的资料也能大致还原老祖宗豪爽、仗义、诙谐的性格特征。

曲折的书艺人生

纵观吴中四才子的人生，尽管有着不同的命运归宿，但殊途同归，他们都有着悖于传统的艺术创新及鄙视传统陋习的价值取向，也都有着桀骜不驯的性格，只是在表达方式上，有的放达，有的内敛，有的直露，有的含蓄而已。

祝枝山画像

祝允明（1460—1526），字希哲，号枝山，世称"祝京兆"，长洲（今苏州）人。其祖父祝颢是明正统己未（1439）进士，官至山西布政司右参政。父亲祝瓛不如他祖父，生前不太出名，而且比他祖父早五个月就去世了。那一年，祝枝山二十四岁。祝枝山的生母在他十六岁时已经离世。外祖父徐有贞（1407—1472）字元玉，晚号天全，苏州人。明宣德八年（1433）进士。后来因迎英宗复辟有功，委任为兵部尚书、华盖殿大学士，封武功伯。徐有贞才华绝世，天文、地理、道释、方技都很通。书法擅长行草，深得怀素、米芾笔意，在当时很有书名。

祝枝山自幼就聪慧过人，五岁时能写一尺见方的大字，九岁会作五言绝句诗。明弘治五年（1429）中举，之后久试不第。正德九年（1514），被授广东兴宁县知县；嘉靖元年（1522），转任为应天府（今南京）通判，不久称病还乡。他能诗文，尤工书法，名动海内，与唐寅意气相投，玩世狂放。与唐寅、文徵明、徐祯卿并称为"吴中四才子"。

祝枝山书法造诣很深，各体兼能，蜚声艺坛，与文徵明、王宠并称"明中期书法三大家"。他师法赵孟頫、褚遂良，

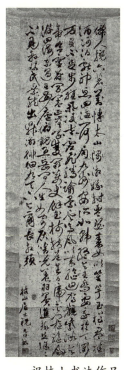

祝枝山书法作品

并从欧、虞而直追"二王"，草书则师法李邕、黄庭坚、米芾，功力深厚，晚年尤重变化，风骨烂漫。人称："枝山草书天下无，妙酒岂独雄三吴！"《名山藏》说："允明书出入晋魏，晚益奇纵，为国朝第一。"清代朱和羹《临池心解》认为："祝京兆大草深得右军神理，而时露伧气；小草则顿宕纯和，行间茂密，亦复丰致萧远,庶几媲美褚（遂良）公。"其书法代表作有《太湖诗卷》《箜篌引》《赤壁赋》等。

相传有一次祝枝山在唐寅的桃花庵里作客。杭州太守素仰祝

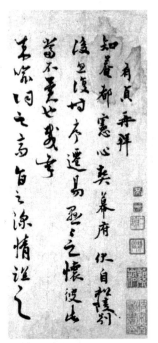

祝枝山外祖父
徐有贞书法

枝山大名，出《送别》名画让祝题词，而"润笔"甚少。祝不悦，挥笔在画上写道："东边一棵大柳树，西边一棵大柳树，南边一棵大柳树，北边一棵大柳树。"太守面有愠色。唐伯虎暗示其增加"润笔"，太守不得已增加银两。祝又提笔续写道："任尔东西南北，千丝万缕，总系不得郎再住。这边啼鹧鸪，那边唤杜宇，一声声'行不得也，哥哥！'一声声'不如归去！'"此诗先俗后雅，情真意切，将别离的缠绵情思抒写得淋漓尽致，在送别诗中堪称佳篇。

祝枝山出生在文化气氛很浓的苏州，他的书学生涯是在前辈的言传身教下开始的，其中对他影响最大的是外祖父徐有贞和岳父李应祯两人。徐有贞擅长行草书。他的行草主要师法唐朝的怀素和宋朝的米芾，用笔直率而华美，结构潇洒多姿，很得古雅之气。在祝枝山两岁时，徐有贞奉诏回苏州闲居，祝枝山一直与他在一起。直到祝枝山十三岁时徐有贞去世。因此祝枝山幼年学习书法就是在外公的启蒙下开始的，徐有贞的书法风格对他影响是很深的。

据文徵明的记载，祝枝山的岳父在晚年告诉枝山，说自己学习书法四十年才开始有所得，并向他论述了书法上的很多道理。他留下的尺牍，秀丽而又有气度，行笔自然大方，横向取势的撇、捺、横都很生动有致。字的大小、粗细变化自然。他这种富于抒情性的行草书对祝枝山有很深的影响。

但是，祝枝山的书法艺术得以炉火纯青，不完全是对传统的承继，而是带有叛逆精神的主体发挥，其"怪"就怪在不拘礼法，颠覆传统，锐意创新。艺术的创新固然需要对传统的承继，但更多的是叛逆乃至超越。与祝枝山同时的吴中书画家其艺术成就举世瞩目，究其原因就

徐有贞《杏花仙兔图》

在于吴中才子鄙视传统，淡薄仕进，不拘礼法，崇尚才情，强化主体意识。艺术从来不是前人的重复，也从来不是某个流派的复制。它是艺术家本身的才情、思情的真实袒露，是主体意识的大胆表现，而不是踩着前辈的脚印亦步亦趋小心翼翼地行走。

祝枝山的书艺与其逍遥处世的秉性分不开。辞官返乡后，他就在外祖父旧宅"怀星堂"安身。这一年，他的好友唐寅在饱经风霜中屈辱去世，年仅五十四岁。祝枝山异常悲痛，含泪为他作《唐子畏墓志铭》，并写下《哭子畏》、《再挽子畏》，字里行间流露出悲叹和同病相怜的情感。

祝枝山晚年经济状况不佳。他六十六岁那年，文徵明次子文嘉知道他的情况后，在书房中设置了蚕丝纸和上等笔墨，请他去，

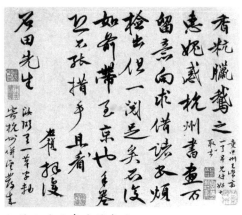

祝枝山岳父李应祯书法

许酬索字。祝枝山乘兴写了行草书《古诗十九首》，这是件精品，文氏父子很是赞叹。后来刻入文徵明的《停云馆帖》。此时，他虽隐于乡里，但书名大振，被公认为吴门书坛领袖人物。祝枝山在他最后一年还写下了表述他书法观点的章草书《书述》，成为书法论著中重要的组成部分。

《明史·祝允明传》对祝枝山的评价其实并不公正，称其"五岁作径尺字，九岁能诗。稍长，博览群籍，文章有奇气，思若涌泉。尤工书法，名动海内。好酒色六博，善新声。求文及书者踵至，多贿妓掩得之。恶礼法士，亦不同生产，有所入，则召客豪饮，费尽乃已，或分与持去，不留一钱"。其实，纵观吴中四才子的人生，尽管有着不同的命运归宿，但殊途同归，他们都有着悖于传统的艺术创新及鄙视传统陋习（严格地说应该是读书求仕的俗念）的价值取向，也都有着桀骜不驯的性格，只是在表达方式上，有的放达，有的内敛，有的直露，有的含蓄而已。吴中四才子是其中的杰出代表，如祝枝山的诗文就表现出自我觉醒的意识和向外拓张的诉求，有《丁未年生日序》为证：

人生实难，天运何遽！质自俶降，天变乎空疏；貌与时移，转沦于苍浊。聚萤愧学，倚马非才。伤哉贫也，非为养生叹；轩乎舞之，未以竭精玄。激义而气贯白日，廓量而心略沧海。思诒远也，通八遐之表；愿处高也，立千仞之上。洗涤日月，披拂风云。谷雉之死而靡它，山鸡顾景而自爱。一履独往，千折弗挠者矣。

　　远通八遐、高立千仞、洗涤日月、披拂风云的自我形象，虽然看不出具体的人生诉求是什么，但想要向外拓张以实现自我价值的欲望，依然给人以强烈的印象。当愿望与现实脱节、张扬的情绪倍感压抑时，祝枝山的内心是异常矛盾而痛苦的。

　　整个世界一片暗淡无光，使得万物都失去了自身的光彩。不如要么下一场大雪，要么阳光普照，这样阴沉沉的世界怎么能够忍受！一个有着独特个性、独立人格的知识分子，确实很难在这样的社会环境里舒展自如、得心应手。所以，祝枝山、唐伯虎等吴中才子才会以怪诞的、非传统的形式示世，以玩世不恭的眼光视世，以游乐心态处世，展现的还是一个才华横溢的书坛大家曲折的艺术人生。

仗义执言的性格

　　祝枝山好管闲事，尤其是人间不平事。他的性格里一向就有"路见不平，拔刀相助"的正义感。

　　明正德十一年（1501）清明节过后，祝枝山邀唐寅去浙江游山玩水。其时，唐寅还没有从"科场贿考案"的阴影中走出来。作为至交，祝枝山有意带他出去散散心。他俩带了一个书童，雇一条五步篷船，从枫桥码头起程去临安，再转道西行去富阳，由富春江溯水上行，漫游浙西的秀山丽水。

有家族背景或入仕过的文人出行，一般都可由当地州府出具"名帖"，类似于现在的身份证兼介绍信。持有"名帖"出游到某地，可以免费在官办的馆舍或驿站中投宿、吃饭。祝、唐两人都是举人出身，又是吴中赫赫有名的书家、画家，所以，苏州府出具了"名帖"，方便行路。

据《临安县志》载，两天后，祝、唐到临安，住"顺溪客栈"。临安是千年古城，吴越王钱镠（852—932）的故乡，他是五代时颇有名望的政治家和书法家，古城里留下了不少吴越王的墨迹，是祝枝山向往已久的游地。两人刚在客栈住下，就闻楼下有哭声，断断续续，极为悲伤。

祝枝山好管闲事，尤其是人间不平事。他六十五岁时还到金陵应天府做过一年半通判（相当于现在的律师），就说明他的性格里一向就有"路见不平，拔刀相助"的正义感。祝枝山放下酒杯，拉着唐寅下楼查看。只见客栈门口的街沿石上，坐着一个扎着一方蓝头巾、作裙围腰的青年女子，两肩抽搐，掩面而泣。问清事由，才知道女子是临安南埔村人，老父因年成歉收，借下汪记当铺"印子钱"十两银子。今老父突然病故，当铺老板催债，若还不上债，就要抓小女子去汪家为奴。

祝枝山听罢青年女子的哭诉，不由怒从心头起，对青年女子说："你先回家，静候佳音，三日后午时你到客栈来找我们，我们与你一起去当铺当面清账。"

唐寅心里有些不踏实，问祝枝山："兄台有何妙计救得女子？"

祝枝山笑道："待会请你把原来画过的《樵夫图》再照原样画一幅如何？明天我去当铺当画。"

唐寅明白了，原来是枝山兄要卖画救女啊。酒足饭饱后，书童从客栈借来笔墨纸砚，唐寅轻车熟路，一会儿就把旧作复画了一张，然后摸出"吴趋唐寅"的印章结结实实盖在画的左下方。祝枝山待墨迹干透后把画卷起，诡秘地笑笑，不再多言。

第二天一早，雨停了，祝枝山关照唐寅在客栈里等他，他去去就来。他特地换了一身旧衣衫，由书

祝枝山山水画

童陪伴，一路问讯找到汪记当铺。当铺朝奉的眼睛贼尖，一看就知道来人是外乡读书人，立即迎上前来。祝枝山说："我有名画一幅要当，烦请东家来验当。"

汪老板闻讯来到店堂，拿过祝枝山从当铺柜台下递上来的《樵夫图》一看，不由喜从天降，他知道"吴趋唐寅"是江南有名的画家，其画有很大的升值空间。遂约定此画当银二十两，日息三钱。若三日后不来取，当物归当铺所有。

祝枝山说："我有言在先，若画作损坏，双倍赔偿。"

"好，一言为定。"汪老板喜不自禁，立马开出当票，付出银子。

祝枝山端砚

他一心想得到这幅画，转手卖出至少也要五十两银子。他看祝枝山这身旧衣衫，料他也是到了穷途末路，把家里的藏画拿出来卖了，哪还会有赎当之说！

第一天过去了，当画的人不见人影，汪老板暗自得意。

第二天过去了，当画的人没有来，汪老板想此画八成归我了。

第三天，已是黄昏掌灯时光，当铺落闩打烊，汪老板看看当画的人还是没有来，心里倒有些疑惑了，想这幅画不会是赝品吧？马上关照伙计去把对门搞收藏的林先生请过来，看看画作的真伪。林先生其实已闻汪老板得到一幅唐寅的画，很想一睹风采，就不请自来了。他接过画，轻轻铺开在案几上，左看看，右看看，摇摇头叹息道："此画是唐寅所画，不假，你看'吴趋唐寅'的印章，果然是真迹。不过，唐才子百密也有一疏，山中樵夫上山砍柴，哪有不带斧子的？"

林先生诡秘地一笑："若樵夫不带斧子，便是此画的漏洞，至多只值十两；若樵夫带上斧子，价值百两。"

汪老板想这个容易，我少年时也学过一点笔墨，给樵夫的腰间加一把斧子就可以了。送林先生走后，他急忙关照伙计取笔墨来，小心翼翼地在樵夫的腰间加了一把斧子后悄悄卷起。正在这时，就听见有人敲门，开门一看，汪老板吓了一跳：原来就是这个当画的人！

祝枝山笑道："现在未过子时，三日之内，我来取画，这里是二十两九钱银子。"说着，把银袋往桌上一放。

汪老板心有不甘却也无可奈何，只得把卷画拿出来。

祝枝山展开画面一看，立刻变了脸色，一把抓起桌上的银子，厉声说："当物我不要了！"

汪老板莫名其妙："当物并没有污损，却为何如此耍赖？"

祝枝山展开画，指着樵夫腰间添上去的那把斧子，正色道："有了这把斧子，此画一钱不值；没有这把斧子，此画价值百两。"

"你讹诈我，你跟我去见官府！"说着，汪老板一把揪住祝枝山的衣襟，要揪他上官府。

知县连夜审堂。把惊堂木一拍，对祝枝山大喝一声："大胆狂徒，青天白日诈人钱财，该当何罪！"

祝枝山笑笑，不慌不忙地把事情经过陈述一遍，然后说："在下祝枝山，所言无妄。"

知县一惊，离开公案，趋前几步，盯着祝枝山看了又看："你真是吴中才子祝枝山？"

祝枝山淡淡一笑，从衣襟里摸出苏州府出具的"名帖"递上。知县一看，连忙搬出椅子请坐。汪老板一看这阵势惊呆了，"扑通"一声跪下磕头："青天大老爷，饶命，小民有眼不识泰山，饶命……"

知县回到公案后，把惊堂木一拍，对汪老板喝道："污损当物，诬告好人，如此刁民，该当何罪！"

汪老板吓得脸色发白，眼神呆滞："青天大老爷，小民委实没有污损当物。"

知县问："那画上樵夫腰间的那把斧子可是你添加上去的？"

汪老板带着哭腔说："小人也是好意，樵夫进山砍柴哪有不带斧子的呀？"

"蠢货！你看画上画的是黄昏时分，那樵夫仰首看山里，岂不是因为斧子遗落在山里了么？若斧子插在腰间，他还呆在此处做什么！"

汪老板恍然大悟，哭笑不得。知县判决汪记当铺赔偿当主银子五十两，当物复归当主。

事后，唐伯虎有些奇怪，问枝山兄是如何料定当铺老板一定会在画上动手脚的呢？

祝枝山哈哈大笑，说伯虎老弟啊，你是知其一不知其二，那个林先生是我花二两银子买通的，他一定会按我说的去诱使汪老板在画上添斧子的。

唐伯虎摇摇头，笑道："难怪姑苏城里都唤你'恶讼师'呢。"

祝枝山亦笑："没有我这'恶讼师'，如何赢得这五十两银子？"

当天中午，祝枝山把汪记当铺赔偿的五十两银子都给了弱女子，一部分还清债务，一部分留作家用。

《长洲县志》中也记载了祝枝山打抱不平的故事：一天，祝枝山与唐寅同游苏州七里山塘。那是一条极为闹猛的商业老街。正在闲逛时，街面上一阵喧闹，只见一顶四人抬大轿横冲直撞就奔过来，轿子两边的管家还不停地吆喝："闪开！闪开！陈老爷打道回府啦！"

唐寅盯了轿子背影一眼，问泥人匠："什么人竟如此放肆？"

泥人匠张望一下四周，小心翼翼地说："二位相公有所不知，这是新近搬到山塘街上来的陈公公，过去在京城里做过太监总管，后来经商发了大财，就回到苏州来买下一处大宅院住下来，自吹自擂'吴中第一富翁'。每天出来进去都是坐的四抬大轿，管家吆喝开道，百姓惊扰无不怨声载道怒目相向，却拿他没有办法，就是官府也奈何他不得。"

祝枝山说："此类角色乃是头上长角的，祝某很想一睹其风采。"说罢，拉着唐寅就朝轿子去的方向一路寻找过去。到得陈府，家奴拦挡。祝枝山用长袖将其一扫，喝道："快去通报，吴中祝枝山、唐伯虎造访！"

家奴很快出来，腆着笑，引二位入客厅。客厅富丽堂皇，高悬宫灯数盏，正面是一排檀木屏风，雕刻"闻太师得胜回朝"、"关云长千里走单骑"、"刘皇叔甘露寺招亲"等故事。屏风上面悬一方牌匾，是先皇御赐，书有"仁心敦厚"四个大字。自诩"吴中第一富翁"的陈公公端坐于正中太师椅上，两边有丫鬟把扇，家奴侍候。他见祝、唐二人入得厅堂，也不起立迎候，只是用手摆了一下，示意二位坐下："久闻二位大名，不知今日来我府上有何公干？"

祝枝山一路上已想好对策，就说："我等听说陈公公乔迁新居，早就想过府问候，奈何琐事缠身，今日才得闲，故特来恭喜。"

陈公公"嘻嘻"一笑，说："好好好，我也正想请二位留下墨宝，为寒舍增光添彩。"

祝枝山笑道："我等有个习惯，不饮佳酿不动笔的。"

"这个何劳二位开口呢。"陈公公拍了一下手，管家应声而来，"去，置一席酒菜，搬出一坛十年封缸女儿红（黄酒）来。"

一切准备停当，主宾入席。陈公公吩咐家奴去准备笔墨纸砚，让祝枝山写联。

祝枝山眯起一只眼睛，用另一只眼睛斜了陈公公一眼："对联写什么？"

陈公公笑道："自然是写家安人贵的吉祥话。"

祝枝山笑笑："这个容易，请公公先回避，我等写字素不喜欢有旁人观之。"

陈公公率家人一齐离去。祝枝山定定心把杯中物喝完，咂咂嘴巴，饱蘸墨汁，挥笔写下上联："此地安能居住。"略一思索，饱蘸墨汁，又一挥而就写下下联："其人好不悲伤。"

少顷，陈公公与家奴出来，一看对联，勃然大怒，责问祝枝山为何要恶语中伤老夫，若不说清楚，那就拖你俩去官府，告你俩一个诽谤罪！

"且慢！"祝枝山笑道，"刚才我等有言在先，一个字十两银子，现在字写就了，你就要付银子了，若不付，我等是不会告诉你端由的。"

陈公公想就算是把银子先给二人，说不出个端由，我还可以告二人敲诈勒索。于是关照管家取一百二十两银子来交给祝枝山。祝枝山故意用牙咬咬银子以鉴别真假，然后握住笔，在上下对联上分别画了几个圈，就变成了一副吉祥对，上联是："此地安，能居住"，下联是"其人好，不悲伤"。

陈公公一看，哭笑不得，却又无话可说，心里清楚这两个家伙没安好心是来找茬的，但拿他俩没有办法。毕竟是此地赫赫有名的才子，硬来是不可以的。所以，挥挥手送客，想着以后找个机会出出这口恶气。

这事在山塘街上很快传扬开来，众人都觉得出了一口恶气。

转眼重阳节至。陈府派人送请柬到桃花庵，约祝、唐二人过府小叙。文徵明闻讯后当即阻拦二位兄长前往，说那是陈某人摆的"鸿门宴"，若去对二位兄长不利。唐寅笑笑说："我几经磨难，尚且奈何我不得，我怎能惧他？"祝枝山留了一手，就关照文徵明去找几个秀才朋友，到陈府外面守候，若闻里面动静不对就一起发难，就可保万无一失。

祝、唐二人如约前往。陈府今日张灯结彩，焕然一新，酒宴早已摆开，就等客人前来。

陈公公迎至二门，拱手作礼："二位乃当今名士，光临寒舍，陈某不胜荣幸之至！"

祝、唐二人作揖还礼，笑道："昔日王维诗云：'独在异乡为异客，每逢佳节倍思亲。遥知兄弟登高处，遍插茱萸少一人。'陈公公热情相邀我等，不会觉得'少一人'了吧？"话里嵌刺，说得陈公公一脸尴尬。

好酒、好菜，陈公公左顾西望，脸色却不太好。祝、唐二人心知肚明，只顾饮酒说笑。果然，从大门外抬进一顶轿子，轿中走出苏州府的一位师爷，跟随师爷来的还有两个捕快。

陈公公与师爷稍作寒暄后，脸色骤然大变，拍了下桌子，指着祝枝山说："汝欺人太甚！讹我数百两银子不说，还写对联诽谤老夫，该当何罪！"

师爷显得很愤怒的样子，接口说："公公所言极是，此等恶人原当惩办才是。"转而对二人呵斥道："你等枉读诗书，做出此等下作之事！"

"师爷息怒，怒则伤身，"祝枝山冷冷一笑，说，"当初可是陈公公允诺一字值十两的？"

陈公公仗势气粗："是又怎样？"

祝枝山高声说："好，我等承你所嘱已写就一副对联，这银子该不该给？"

陈公公气急败坏："你俩写对联咒我。"

祝枝山把对联按"句断"方式念了一遍，反问师爷："你身为官府师爷，怎能诬陷好人？若偏袒一方，我等要告你个滥用职权罪！"

师爷哑口无言。沉吟良久，一张马脸皮笑肉不笑地牵了一下，看看两边的阵势，慢条斯理地说："我今天来打个圆场，我出一联，若二位能应对下联，此事作罢；若不能应对下联，我就要把二位带回官府，如何？"

祝枝山一阵冷笑，想你师爷也来故弄玄虚，目的还是想拉偏架，对对联，料你还不是我的对手，就说："请赐教。"

师爷想了一下，出了一个嵌入草药名的上联："朝骑海马浮海过，神游桑梓思熟地。紫苑芙蓉成旧梦，卷帘不见石榴裙。"其中的海马、浮海、桑梓、熟地、紫苑、芙蓉、石榴都是草药名。

师爷和陈公公相视一笑，得意地瞟了瞟祝、唐二人。

祝枝山略一思忖，随口应对："暮驾地龙迤地走，魂系云母念慈眸。漏芦天雄作孤君，落叶当归断离愁。"其中的地龙、迤地、云母、念慈、漏芦、天雄、当归也都是草药名。

师爷惊诧，因为他这个上联是汉书上看来的，没想到祝枝山竟能对答如流。他心里称奇，一时无话可说。旁边坐着的陈公公发急了，一拍桌子，大喝道："捕快，还不赶快拿人！"

话音刚落，只听见院墙外一阵喧嚷，是文徵明带着一帮秀才来助阵了，纷纷叫嚷着要见祝、唐二人。

师爷一看苗头不对：秀才闹事虽然不成气候，但苏州毕竟是"首善之区"，若此事让三省巡抚知道怪将下来，知府的脸面不好看。小不忍则乱大谋，不如大事化小，小事化了。所以，他找了个借口，就匆匆离去了。陈公公闹了个没趣，也就只好作罢，拱拱手送客。

风雨同舟挚友情

祝枝山与唐寅交往数十年，像一对亲兄弟，风雨同舟，患难与共。当年唐寅踌躇满志进京赶考却被诬下狱，连妻子都弃他而去，归乡后心灰意冷，整日借酒消愁，正是祝枝山的及时规劝，才促使唐寅重新发奋读书，终于有所成就。

无论是《明史补缀》中对吴中才子的描述，还是长篇评弹《三笑》中的说唱，祝枝山与唐寅都像一对亲兄弟，风雨同舟，患难与共。当年唐寅踌躇满志进京赶考却被诬下狱，连妻子都弃他而去，归乡后心灰意冷，整日借酒消愁。正是祝枝山的及时规劝，才促使唐寅重新发奋读书，终于有所成就。然而，祝枝山的一生同样是悲剧性的，他三十二岁中举，意气风发，以为录取高第易如反掌，不料此后竟七试礼部不成，仕途的失意和打击使他的思想由积极入世的儒家观念转向了消极出世的老庄哲学。唐寅晚年自号六如居士，皈依佛门；而祝枝山多署"枝山道人"，归向道家。这不能不说是封建社会文人的遗憾。

唐寅从仕途颓然折返，当了一个"自由职业者"，由此对科举、权势、名禄、缙绅深恶痛绝，有意识地强化自己"狂诞"的形象，终日酒不醒，笔不停，嘲笑利禄之徒"傀儡一棚真是假，骷髅满眼笑他迷"，自诩"此生甘分老吴阊，宠辱都无剩有狂"（《漫兴》），以特立独行的姿态与当时所谓的主流文化完全决裂，酣畅淋漓地

唐寅像

表达自由个性和情感需求："不炼金丹不坐禅，不为商贾不耕田。闲来写就青山卖，不使人间造孽钱。"

靠卖画为生的日子自然比不得"吏禄三百石，岁晏有余粮"的吃"皇粮"的官员，起初他的画在苏州城里卖得并不怎么好，所以时常还得为人写写墓志铭或状纸来糊口。究其原因大约有这样几条：其一，唐寅的画技尚不足以为公众所认可，加上吴门画派中互相倾轧，说他坏话的人并不少。古人视画品为人品，故士大夫阶层对唐伯虎的画并不欣赏。其二，唐寅锐意创新，画法与一般吴中画家的风格迥然不同，喜爱收藏书画的人一时难以接受此种随意性强、带点儿"狂"的艺术风格。其三，唐寅不善"吆喝"与"自我炒作"，酒在深巷人不识，故画作起始尽管售价很低（最低时一幅三尺立轴只售二两银子），也乏人问津。

从弘治十七年（1487）至十九年间，苏州坊间关于唐伯虎"神画"的传说为什么突然风生水起越传越奇呢？据《明史补缀》称，那是祝枝山、文徵明等文人故意添油加醋编出来后让弟子们传播出去，传播到茶馆、酒楼、花船等热闹场所，其目的就是替唐寅做"口头广告"，像现在说的"造势"或"炒作"，助推销画不景气的唐伯虎一把。不仅四处造势，而且祝枝山还亲自出马，为唐寅的画题诗。祝枝山的书法其时已是吴中首屈一指，达官贵人想得之而可遇不可求。

唐寅故居遗址

经过祝枝山等一班好友极力鼓吹，唐寅卖画渐入佳境。唐家所居的吴趋坊巷口就停满了求画人的马车。唐画的价格由一尺一两银子飙升到一尺五两银子，而且供不应求，常常需要提前数月预约。求画者渐多致使他忙不过来，就请人代笔。因此，后人在辨别唐寅画作的真伪时就说："及六如以画名世，或懒于酬应，每请东村（周臣）代为之。今伯虎流传之画，每多用笔，在具眼者辨之。"

祝枝山长唐寅十岁，一向呼他"唐老弟"，喝酒时常与之赌酒，对对联，输者"埋单"。这一日，他找到唐寅，告知他们的好友徐祯卿昨晚半夜喜得贵子。唐寅听了，快活地一击掌，要与祝枝山赌一席酒。随口就说了上联"半夜生孩，亥子二时难定"，想用一个拆字联偷袭一下祝允明。联中"孩"字拆开即示时辰的"亥、子","亥"与"子"时辰之交正是"半夜"。祝枝山毕竟是诗联高手，略一思索，抬头看见和、合二神，便应声而对："百年匹配，巳酉两性相当。"下联"配"字拆开作"酉、巳"，生肖属相代表"鸡"、"蛇"，称好友徐祯卿夫妇匹配相当，百年和好。唐寅自叹不如，输掉一席酒。

祝、唐两人间像这样的妙联还有不少，如：

> 笑指深林，一犬低眼竹下；（唐寅）
> 闲看邃户，孤木独立门中。（祝枝山）

> 螃蟹入眢，却似蜘蛛结网；（祝枝山）
> 灯蛾扑火，浑如蛱蝶穿花。（唐寅）

> 十口心思，思国思家思社稷；（祝枝山）
> 八目尚赏，赏风赏月赏秋香。（唐寅）

> 水车车水，水随车，车停水止；（祝枝山）
> 风扇扇风，风出扇，扇动风生。（唐寅）

二人的真挚情谊从祝枝山最后送唐寅的泣别中最可看出来。

明嘉靖二年（1523）十二月二日寅时，唐寅病故，终年五十四岁。噩耗传到祝家，祝枝山正病卧在床，他不顾家人阻拦，执意要去桃花庵见唐老弟最后一面："子畏，余肺腑友。天丧子畏，犹余丧手足也！哀哉！痛哉！惜哉！"家人没办法，就用竹榻抬着祝枝山到桃花庵奔丧。

祝枝山一进灵堂，即刻从竹榻上翻滚下来，几乎是爬着爬到死者床前，捶胸拍地，号啕大哭："子畏老弟，我来看你了，你睁开眼看我一眼啊！你生前活得不舒畅，死后走得太孤独，为兄真想陪你一起走啊……"

祝枝山伤心欲绝，流着泪对前来吊唁的文徵明说：

> 子畏粪土财货，或饮其惠，讳且矫，乐其蔺，更下之石，亦其得祸之由也。桂伐漆割，害隽戕特，尘土物态，亦何伤于子畏，余伤子畏不以是。气化英灵，大略数百岁一发钟于人，子畏得之，一旦已矣，此其痛宜如何置？有过人之杰，人不歆而更毁；有高世之才，世不用而更擯，此其冤宜如何已？子畏为文，或丽或淡，或精或泛，无常态，不肯为锻炼功；其思常多而不尽用。其诗初喜秾丽，既又仿白氏，务达情性而语终璀璨，佳者多与古合。尝乞梦仙游九鲤神，梦惠之墨一担，盖终以文业传焉。

祝枝山这番话可看做是挚友最中肯的评价。之后，他将这番话写进了《唐子畏墓志铭》中，拳拳挚情，天地可鉴，并题挽诗：

> 少日同怀天下奇，中年出世也曾期。
> 朱丝竹绝桐薪韵，黄土生埋玉树枝。
> 生老病余吾尚在，去来今际子先知。
> 当时欲印椎机事，可解中宵入梦思。

唐伯虎的后事是由其亲友王宠、祝枝山、文徵明等凑钱安排的。祝枝山写了千字墓志铭，由王宠手书，刻在石碑上。后世有关唐伯虎的生平事迹大多是从这墓志铭中得到并繁衍出来的。

为官清廉秉性正

祝枝山任县令六年，公正廉洁，轻徭薄赋，爱惜民力，深得百姓爱戴。五百年沧海桑田，到兴宁赴任的县令来了一拨又一拨，但是真正被善良务实的兴宁百姓记住的，唯有一个"著有诗文集六十卷，杂著百余卷，字、画无数"的县令祝枝山而已。

小时候，曾听奶奶说过，老祖宗虽然为官多年，又写得一手好书法，可家里并不富裕，乃至祝枝山死后竟无银两置棺材，是文徵明等好友帮助料理后事的。《明史补缀》中也谈到祝枝山晚年生活困顿，屋漏而无钱筑补，家里仅有的两个佣人也被打发回家了。按常人想，一个当了六年县令、一年半京兆府通判，且写得一手好书法的老祖宗怎会困穷至此？从一些资料中，略知祝枝山为人豪爽，所写书幅大多是赠予的，即便换几个钱也都用来与友喝酒了；他为官清廉、生活节俭，积攒下一些银子，一部分贴补家用，一部分则用来接济朋友，如唐寅从京城放归苏州后，一度生活无着，祝枝山慷慨赠予其银子五十两渡过难关；祝枝山喜游山玩水及博彩（明时一种赌博游戏），也花掉了一些银子。所以，到晚年竟是一文不名，落魄度日了。

据《兴宁志》载，兴宁在明朝时期属惠州管辖，当地汉瑶杂居，民风不淳，常有强盗放火抢劫，尽管明正德十年（1515），祝枝山赴任之后曾感叹过"道惠何曾惠，吉宁又不宁"，但他并未睁一只眼闭一只眼得过且过，而是发动村民，施展计谋，严密部署，形成合围，在一个早晨就捕获三十多名盗匪。他坐堂断案，不分昼夜，仅用三个月时间就把几年来的积案处理完毕，善决明断的作风令当地百姓心悦诚服。《明史》称祝枝山治兴宁，"捕戮盗魁三十余，邑以无警"。百姓安居乐业，治安日趋好转。

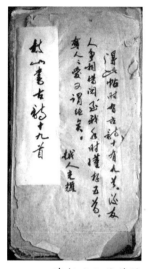

清朝名人收藏的
祝枝山书法拓本

"使无水无稼，绝饮废粒，人物且尽，舟楫焉往？兴宁小邑一陴不可舒舞袖……"祝枝山在兴宁写下《水利记》一文，阐述了水利对农业的重要性，随后发动乡绅出资，率众兴修水利。随着水利条件的改善，兴宁可耕地面积从过去的十万亩增至二十多万亩。

祝枝山就任前，兴宁曾遭遇过特大洪灾，"大麦青青四尺长，大水过头一尺强，安得饎饦分怅皇"。百姓生活困苦不堪，迁徙、逃荒的人很多。他上任后体察民情，勤政爱民，在任期内减免税赋，仅用两年，兴宁民众生活就大为改善。而此时，祝枝山却因催缴赋税不力，被朝廷减薪、停薪，为此他留下了"夺禄浪言耕有代"的诗句。尽管祝枝山给世人留下"狂狷"、不拘礼法的印象，但他在当时"民尚哗讦"的兴宁县尝试移风易俗，这在《与兴宁师生论乡饮帖》、《与连博士兵劝勿食牛饮水书》

等文中皆可以看到。

除此以外，他还尝试推出一些有益教化的褒奖举措。当时该地有寡妇刘氏产下遗腹子，族人贪图家财逼其改嫁，甚至偷偷用针刺婴儿之脐，刘氏无奈下将家产分掉，仅留五亩土地躬耕自给，祝枝山闻知后上报备案，亲书"苦节奇行"为匾旌褒。据说，如今在兴宁黄陂镇陶古村石氏中山公祠的"母节子孝"匾额也是出于祝枝山在任期间的真迹。

《广东历史传说》记载，祝枝山为体察民情，安定地方，常亲自跋山涉水巡视各乡。他任县令六年，公正廉洁，轻徭薄赋，爱惜民力，深得百姓爱戴。一次，有百姓拦轿告状，状告当地一恶少霸占民女，地保碍于恶少家族势力，奈何不得。祝枝山闻说此事后勃然大怒，亲自升堂。期间，恶少家人送来银子数锭，欲求祝县令开恩。祝枝山将贿银掷于地上，正气凛然道："汝侮我甚也！无处而馈之，是货之也。焉有君子而可以货取乎？"（处，这里指正当理由；馈，馈赠；货，指贿赂。这句话出自《孟子·公孙丑下》，意思是说你没有正当理由而给我银两，那是贿赂，哪有君子会去取这不义之财啊！）遂重判恶少，百姓无不拍手称快。

祝枝山在兴宁为官期间，衙门里的公差最怕被他喊去喝"廉酒"。所谓"廉酒"，相当于现在被廉政公署叫去"喝咖啡"，那多半有事情在身了。据说有个姓韦的师爷，巧使手腕压价强买邻家十亩地祖产。邻家数次告状均被压下了，无奈之下只得投书祝县令。祝枝山带了两个公差，驱马去当地微服私访，把事情的前后经过弄清楚后，就在当地一个小酒坊里约韦姓师爷出来喝酒。那姓韦的颇有文采，为人口碑也不错，祝枝山对他还是颇为欣赏的。祝枝山要了一壶当地荔枝酒，没有点菜，一人一只杯子放在面前。姓韦的一看祝县令面孔铁板，心里先怯了几分。祝枝山筛满酒，端起杯子，直截了当地说："区区十亩地，汝居然连斯文都不要了，若情况属实，请饮下这杯酒。"姓韦的犹豫好一阵，想祝枝山不会无备而来，瞒是瞒不过去的，只能饮下这杯苦酒。

"痛快！"祝枝山又筛满酒杯，正色道："强取豪夺，君子不为，我都替汝脸红。汝若退田，我不再查究，答应的话就满饮此杯。"姓韦的原以为陆绩此番找来，衙门这份差使就保不住了，谁知道祝县令执法还是"人性化"的，心里着实感动，满饮此杯，答应照办。祝枝山回府后，以此事为例，叮嘱下属"三不准"：下乡办事不准收受礼单礼品；办案不准收受原、被告礼单礼品；百姓告状不准收取"门子钱"。

祝枝山曾与荣归故里的兴宁人、时任浙江都御史的王天与同游和山岩，诗词唱和后，他亲笔题下"灵岩"、"天然妙境"，如今，留下祝枝山真迹的和山岩成了游客到梅州旅游必逛的景点之一。

在兴宁任上，祝枝山还亲自主持编写县志，《正德兴宁县志》成了客家地区现存最早的县志，该县志对了解明代兴宁及周边地区气候、风土人情、民系变迁提供了丰富翔实的史料。五百年沧海桑田，到兴宁赴任的县令来了一拨又一拨，但是真正被善良务实的兴宁百姓记住的，唯有一个"著有诗文集六十卷，杂著百余卷，字、画无数"的县令祝枝山而已。

归去来兮自逍遥

祝枝山看不惯官场那污浊之气，向往像东晋陶渊明那样"归去来兮"，做一个乐游山水的自由人，于是辞官而去，终年过着"引壶觞以自酌，眄庭柯以怡颜”的舒心日子。

嘉靖元年初秋，祝枝山做了一年半的应天府通判，就称病回乡了。《明史》上说是“因病辞归”，其实，祝枝山实在看不惯官场那污浊之气，向往像东晋陶渊明那样“归去来兮”，做一个乐游山水的自由人。

祝枝山回到家乡后，慕名前来拜师学艺的人不少，谁知都扑了个空，一问家人才知道他去近郊的乡间游玩了。一次，来人竟是在横塘镇上的一家酿酒作坊找到他。苏州是稻米产地，所产稻米色白，香糯，兼之水质优良，所酿“吴米酒”在当时就很有名。祝枝山喜喝此酒，沽酒喝总觉不过瘾，就想着去酒坊拜师学艺，自己也来酿上几坛。当时横塘镇上有一户李姓人家酿酒技术一流，每年酒窖里出产的吴米酒都是供不应求。祝枝山兴致勃勃徒步前往，要了一壶酒，居然就在一只酒缸上坐下来饮酒，饮着饮着就睡过去了。祝枝山与学子们可以畅饮赋诗，也可以探讨学问，随读则是不收的，因为他散漫惯了，逍遥惯了，喜欢过“引壶觞以自酌，眄庭柯以怡颜”的舒心日子。

嘉靖二年春，唐寅大病初愈，祝枝山雇了一条小船，带上两坛酒，邀其泛舟太湖，醉意朦胧，乐哉悠哉。这一“哉”竟是一昼一夜，把家人急得找了十几条船下湖去找。及至找到彻夜未归的小船，只见小船系在芦苇深处，两人蜷缩在船舱里呼呼大睡，一夜的酒还未醒，而船家已被打发先回家歇息了。

还有一次，家人发现祝枝山一早出门，至暮未归，不免替他担忧：老人家年事已高，会不会走失了？嘱家佣四处去寻找，结果在苏州城南的南园地找到了他。祝枝山仰靠在河边的一棵柳树

文徵明《横塘图》

下，正在静视水中的一条鱼。

　　一条鱼顺流而下。扁圆形的唇一半在水中，一半在水上，吞咽着，吹拂着，于是就有极细碎的气泡翻滚着涌出，然后迅即迸裂，发出蚕丝扯裂般光滑而柔润的声响。

　　一条鱼顺流而下，从水光波影间滑过，从水草缠绕间滑过，从水下的卵石间滑过。

　　太阳照着。夏季已经过去，它发出温暖的光晕。河两岸，南方的绿树葱茏。泊在岸边的一大坨水草似乎听见了鱼的呼吸声，只有当风平水静的瞬间才听得到。如果你心浮气躁，它就奇异地潜藏了。

一条鱼顺流而下，岸边的树、树下的草、草丛里的花，都以美好的目光迎接着它。

那树生机勃勃，所有叶片都闪烁着充满朝气的眼睛。

那草浪漫如歌，疯狂地炫耀着满地绿色。

那水空澄而充满灵气，鱼儿潇洒地摇动着尾巴，无忧无虑地顺流而下。

一条鱼顺流而下，饱览河两岸的晴树繁花，显得快乐而自信。

一条鱼顺流而下，随意地摇摆着尾巴，随意地呼吸着田园清新的空气，随意地生活在这一片阔朗而清明的水域里。浮躁的波浪或许难以挽留悠然的摇摆，匆忙的赶路或许难以走进桃花源的梦境，心思恍惚或许难以呈现悠然的游姿。

过了很久，祝枝山与家人谈及所看见的那条鱼，还是感慨万分：人莫非竟不如鱼之逍遥乎？

这大约可以看做是老祖宗祝枝山晚年辞官的心态了。

这一年的深冬，唐寅辞世，这对好友祝枝山的打击是非常沉重的，他的身体一下子垮掉了，每天夜里大咳不止，有时就大口大口吐血。他患的是"肺痨"（现代医学称为肺炎），病恹恹地在床上拖了四年，请了多个郎中治病均不见效。病中，祝枝山更加瘦弱，整个人都落形了。临终前，他握住家人的手，老泪纵横地说："我将不久人世，然问心无愧。我一生未曾留下什么，唯有清清白白做人而已。我死后，不要做道场，把我埋在祖坟里。唐老弟在那边等我，我要去找他了……"

嘉靖五年（1526）十二月二十七日，祝枝山在贫病中死去，终年六十七岁。死后葬于苏州近郊横山祝氏祖坟。

第二章　思念中的故乡

我嫁到上海已经有很多年了，早已习惯了大都市的繁华，可是只要坐下来，静下来，眼前浮现出来的，还是故乡那寂静的青砖、黛瓦、白墙，妩媚的水和迷人的桥。那里，是我出生的地方，是我永远的故乡。

中西合璧的宅院

我家在苏州的房子一共有四进，前面三进是中式的，最后一进是西式洋房，有壁炉，玻璃窗上装的都是彩色玻璃。我们都住在第四进，前面呢，就供接待客人用，或者喝茶，或者留宿。院子种着两行冬青树，整整齐齐的，像站着的卫兵，很气派。后面的院子则种着葡萄和玫瑰花。葡萄是那种绿葡萄，从窗口看出去，太阳光从葡萄藤的缝隙中漏下来，照在一串串的葡萄上，晶莹剔透，很好看。

我家住在苏州齐门下塘小郏弄三号。（注：齐门位于苏州城北，门朝向齐国，故名齐门。相传齐景公慑于吴王的声威，将女儿配与吴世子，齐女思乡，阖闾在此门造九层飞阁，让齐女登阁

上世纪30年代的齐门水城门

望乡，故又名望齐门。）因为弄堂外面都是珍珠行，所以叫小邾弄。

那时候祝家在苏州还是很有名的，有亲戚朋友来，到火车站，就会有很多黄包车夫上前去拉生意，问，到哪里啊？那时候的黄包车主要是姚记的。要是客人说不清楚具体路具体门牌，只要说到祝家，黄包车夫就会说坐上来坐上来，到了门口再付钱。我们家也是有包车的，比那些车行的车，要考究些，黑颜色的外壳，座位是软包。车上有一个脚踏的铃，坐在车上，一踩那个铃，就会叮叮当当地响。车夫手里有一只可以捏的皮喇叭，一捏，咕哇咕哇的，一路走，一路叮叮当当或者咕哇咕哇地响过去，很热闹，常常引得马路上的人回过头来看。

我家在苏州的房子一共有四进，前面三进是中式的，最后一进是西式洋房，有壁炉，玻璃窗上装的都是彩色玻璃。见过教堂吗？对了，就是类似教堂那样的玻璃窗。我们都住在第四进，前面呢，就供接待客人用，或者喝茶，或者留宿，都在前面。

房子的地基很高，足足有五公尺，而且房间里还有很厚的护墙板，所以早先有人开玩笑说，要是有什么小偷想掘墙根偷东西，肯定要失望了，因为掘来掘去都是烂泥石块。进大门前先要上三级台阶，大门里普普通通，左边是一间大厨房，烧的是大灶头，隔壁是柴房。右面是一间小厨房，旁边则是佣人房。再上个七八级台阶，才算渐入佳境，进了房子的腹地。两边是客房，走过客房就是花园了。前面的园子种着两行冬青树，整整齐齐的，像站着的卫兵，很气派。后面的园子则种着葡萄和玫瑰花。葡萄是那种绿葡萄。种葡萄好处多，葡萄藤可以遮阳，葡萄还可以吃，从窗口看出去，太阳光从葡萄藤的缝隙中漏下来，照在一串串的葡萄上，晶莹透明，很好看。客房的中间是楼梯，我们全家都住在楼上。我爸爸有间很大的书房，墙上挂着耶稣的十字架像，还有一张很大的写字台和一个转椅。我爸爸写得一手好字，平时书信往来全是用毛笔书写，他的文房四宝很考究，连笔洗都是翡翠的。

家里光是水井就有四口，每一进房子的院子里都有一口井。那时候没有冰箱，夏天就用井水冰西瓜，冰荷兰水，正广和的荷兰水最好吃，冰在井水里，盖头一开，一股气就冲出来，喝起来透心凉，舒服得不得了。

要是有客人来，先到厅里，让我们喊人鞠躬，然后请他们吃饭。有段时间每天都有人来，父母的学生啦、朋友啦、亲戚啦，要开好几桌。记得有一次请几个服装厂的厂长等人来吃饭，看到我们用小碗，他们也用小碗，看到我们吃蔬菜，他们也不敢多吃荤菜，以为还要留着下顿吃，谁知我们吃好一走，剩下的菜那些佣人稀里哗啦全吃光了，他们看见了很后悔，说，下次再也不到祝家去吃饭了，根本没吃饱。

解放后说是公私合营，前面的三进房子就成为国家的了，起先每个月我们还可以到居委会拿十四块钱补贴，拿了一段时间，后来接到通知说，要到居委会打证明，证明生活困难才可以继续拿，不然就连这十四块钱也没有了。当时我们不缺这点钱，所以就放弃了。

我嫁到上海来之后，爸爸妈妈每年冬天都会到我这儿来住。因为苏州的房子都是用壁炉的，要烧白煤，后来白煤买不到了，要是不生壁炉，冬天很冷，所以一到天冷，我就把爸妈接到我家来住。我家里烧的是大火炉，很粗的白铁皮管，穿过整个房间，等白铁管烧热了，房间里就非常暖和，只要穿一件衬衣就够了。但是到了夏天，爸爸妈妈就会回苏州去。苏州的房子四面通风，风凉得不得了，根本不需要空调。

后来爸爸去世了，我就把妈妈和大姐接到我这里来，苏州的房子就空关了，因为大家都在上海工作读书，没有人肯去苏州住。我丈夫说，我们郭家又不是没有房子，房子是人住的，不住人要房子干什么。所以那些房子我们也不去管它。起先还托人出租，后来就没了音讯。以后我再也没回去过，也没有过问房子的事。前些日子有个苏州的张先生来，我把门牌号告诉他，托他去打听一下，但他回来说根本就找不到了，不知是拆迁了还是怎么了。当时那房子卖卖值一千多块，要是按现在的市价，起码值一千多万吧。很多人叫我去追查一下，或许可以拿回点损失，但现在我们衣食住行都不愁，想开点算了，懒得去管。

调皮的四小姐

我小时候最喜欢做的事就是爬屋顶，掏麻雀窝。看到麻雀窝，就端下来，麻雀蛋煮煮吃，那些还没长毛的小麻雀呢，就叫佣人买来大桂圆，用桂圆肉把小麻雀一包，这么生吞下去。因为我们听说吃活的麻雀不会长雀斑。我吃过很多活麻雀，九十多了，居然连老人斑都没有，或许真的有点道理？

我小时候很调皮，皮得一塌糊涂。

我父母生过八个孩子，有两个小时候就去世了。现在健在的只有我和姐姐。我是老四，所以当时家里的佣人都叫我四小姐。我母亲没有开过奶（注：指没有喂过奶），我们每个孩子都有一个奶妈，断奶后，吃、睡依然跟着，叫"干领"。这个称呼是什么意思我也不太清楚。我的"干领"叫什么名字我已经忘了，好像叫王妈还是叫谢妈，平时她

祝家四小姐

们事情不多，只要照顾我们穿衣脱衣吃东西就可以了，逢年过节回来，她都会带点东西给我吃，譬如乡下做的麦芽糖啊之类的。后来我大了，去上学了，她才走的，以后她的情况我就不清楚了，但她对我的好，我一直记在心里。

父母那时都在天津，不大回来。那里有生意，有药房。所以平时苏州家里除了佣人就是我们这些小孩，可以无法无天。

过去有人形容小孩调皮，就说皮得"上房揭瓦"，我小时候最喜欢做的事就是爬屋顶了。爬屋顶干什么？掏麻雀窝。那时候房子都有百叶窗的，我们把百叶窗当中的杠子一拉，百叶不是都张开了吗？再用一根树枝卡好，我们就一级一级踏着爬到屋顶上去。看到麻雀窝，就一起端下来，麻雀蛋煮煮吃，那些还没长毛的小麻雀呢，我们就叫佣人去买来大桂圆，剥去壳，剥下肉，把小麻雀一包，往嘴里一扔，就这么生吞下去了，因为我们听说吃活的麻雀不会长雀斑。现在想想，也蛮幼稚的，不过说来也怪，我吃过很多活麻雀，脸上身上真的一点斑点都没有，九十多了，连老人斑都没有，或许真的有点道理？

除了捉麻雀，我们最喜欢玩的地方就是柴房。我们家人多，用的柴也多，那时候烧的都是三眼大灶，一到过年，卖柴的人就把柴一担一担地挑进来，把柴房堆得满满的。我们几个偷偷地跑进去，把柴堆成楼梯一样，一级一级的，然后爬上去，在柴堆顶上睡觉。

一次我们爬屋顶，把隔壁邻居家的屋顶爬塌了一个角，我们就对着隔壁大叫，你们的屋面塌了，屋面塌了！隔壁人家出来一看说，你们自己的屋面也塌了。我们这才发现，原来自己刚刚跳下来，自家柴房的屋面也塌了，幸亏我们都平安无事，没有摔伤。

葡萄熟了的时候，我经常站在沙发上，用老头拐杖去钩窗外的葡萄，有一次用力大了，拐杖滑脱了，我一下子摔在地上，咚的一声，非常响。楼下的家人吓坏了，赶紧跑上来看，问我疼不疼，我摸摸后脑勺，疼是当然疼的，不过我不在乎。

佣人会不会跟我父母告状？不会的。

除了一个跷脚娘姨，别的佣人我们都不怕。跷脚娘姨算是管家吧，其实我们也不用怕她，但父母关照她，叫她管我们，我们到底还是小孩，所以看到她心里还是有点发虚。

我们晚饭是在楼上吃的，只要听到楼梯上一轻一重的脚步声，我们就知道是她来了。她总是端个碗，东看看西看看，只要看到有什么好菜，譬如鸡什么的，就"挎"倒在自己碗里，然后拿下去吃。菜多，我们也吃不了，所以随便她端走什么，我们也不在乎。

晚饭后我们几个就学大人的样子打麻将。打麻将没人教的，大人打的时候，旁边看看就会了。我们当时也就八九岁的样子，一本正经地打麻将，想想也蛮好笑的。桌子旁边放一只食盒，里面都是各种零食。我们打麻将，叫佣人在旁边服侍，倒倒茶水什么的，开心的时候，就从旁边的食盒里抓几把零食给她们。

那时候我很任性，有一次，我想吃肉馒头，就叫佣人去买五十只。佣人说，买这么多怎么吃得掉？我说你不要管，去买就是，我肯定吃得掉的。佣人没办法，只好拎着一只很大的篮子去买，就是那种有盖的杭州篮。一会儿回来了，说，四小姐，五十只肉馒头买来了。我打开盖子一看，当场傻掉了，满满的一篮啊！其实当时人小，对数量没有概念，不知道五十只馒头有这么大的一堆！我只吃了一只，就吃不下了，给哥哥姐姐和佣人分，也没吃完，我想，我既然说了吃得掉，就不能让佣人看笑话，于是我想了个办法，把剩下的馒头拎到花园里，挖了两只坑，把馒头埋了，再用脚把土踩踩紧，地面上一点都看不出来。我对那个买馒头的佣人说，肉馒头我都吃掉了。那个佣人肯定不相信，但是她也想不出来这么多馒头到底到哪里去了。当时我很得意，现在想想，浪费粮食，不大好。

我从小就不喜欢什么布娃娃之类的，只喜欢男孩子玩的东西。譬如打弹子。我弹子不光打得准，打出去还可以缩回来。左邻右舍的男孩子没有一个打得过我的。我有一个很大的奶粉罐，里面大半罐的弹子，都是我赢来的。

我小时候力气也是很大的，我们有个箱子间，换季不穿的衣服都放在箱子里，堆得很高，要用梯子爬上去的。要换季了，我总是喜欢爬梯子，装满衣服的箱子一拎就下来了。

除了调皮，我最喜欢做的就是"大佬官"（苏州方言，老大的意思）。

每天下午，苏州的各种小吃担子都会挑到我家门口，成了小郏弄的一道风景。我一出门，邻居小朋友们就会一哄而至，我就跟他们说，你们想吃什么，就拿吧，我来付账。那时候的小吃很多，豆腐花、臭豆腐干、油豆腐粉丝汤、糖粥、天津鸭梨，还有开洋豆腐干。那开洋豆腐干真的是好吃，鲜是鲜得不得了。还有熏蛋，那蛋真的是熏出来的。吃好后卖小吃的就开始数棍子，数碗，跟我说一共多少钱，譬如说二十几个铜板，我就给他们一只"角"子，一只"角"子等于三十二只铜板，他们会找零头给我。几乎每天都是这样的。

那时候，观前街、玄妙观前面都是点心店，我们想吃什么，就一家家地去尝，尝得好给钱，尝得不好不给钱。店主都认识我们的，吃到哪里都是记账。后来年纪大一点了，喜欢做"大佬官"的毛病还是没有改，有朋友来了，我带她们去逛街，走进布店，当场选料子，量尺寸，给她们做大衣。伙计问，祝家四小姐，这大衣钱怎么付，我就说，统统记在我的账上！这种感觉真的是很爽的。我父亲是信基督教的,他老是说,要挑自己喜欢的东西送人,大概是受他影响吧。

我嫁到上海后,"老毛病"还是改不掉,亲戚家的小孩都说,见到上海的兰宝阿姨,又是喜欢又是怕,怕是因为我脾气不好,喜欢是因为我大方,每次回苏州都是大包小包带足,连邻居家都有礼物的。不过我脾气还是老样子,有一次我带着两个女儿回家,家里的佣人担心地跟我说,结葡萄的时候,邻居家小孩老是来采。采点葡萄倒无所谓,但是他们爬墙爬葡萄藤,一旦摔下来负不起责任。她问,太太你看怎么办呢?我说好,我马上帮你解决问题。我站在窗口,对着葡萄藤手拉脚踹,一直到葡萄架稀里哗啦地坍下来为止。我说,现在你不用担心邻居小孩爬葡萄架了吧。佣人看得目瞪口呆,话都说不出来。

在慧灵中学的日子

我小时候读的是教会学堂,学校有传道嬷嬷和牧师,每个礼拜天,我们都要去教堂做礼拜。吃圣餐的时候,我也会帮着传道嬷嬷一起发,一小杯红酒,一小块面包。圣餐不是每个礼拜都有得吃的,只有在节日才有。礼拜结束,有人会拿着托盘或袋袋来募捐,大家就往里扔钱。我们虽然是学生,但多多少少总要给一点的。

我小时候读的是教会学堂,从小学到中学都是。当时叫慧灵中学,是由晏成中学和慧灵女中组成的。晏成中学的前身为美国南浸信会西差会(亦称浸礼会差会)于1906年创办的浸会小学,

始创于1907年的教会学校慧灵女中（今为谢衙前市三中）

创办人麦嘉祺。1909年迁址临顿路谢衙前，增设中学部。1913年改名为晏成中学。慧灵小学则是光绪三十三年创办的，创办人兰纱斐女士，1911年迁址临顿路谢衙前，改名为慧灵女中。据说现在叫苏州市第三中学。

慧灵女中在当地是很有名的，毕业了可以直升上海沪江大学，所以那里的学生都有优越感。

我们的校服就很漂亮，灰色的毛料，里面一套短的，外面一套长的，很考究。一到下雨天，大家外面再穿上雨衣，五颜六色的，很漂亮。我们每周上五天半的课，礼拜六下午就放假了，上课的

慧灵女中学生在做化学实验

内容跟其他学校差不多的，英语啊，语文、化学、音乐啊。我的成绩很好，几乎一直是前三名，看书过目不忘，读书都是跳级的。我姐姐大我四岁，读书比我早，最后我跳啊跳啊跳到她前面去了。

学校里还有个孤儿院，不过我们跟那些孤儿不接触的，是两个世界，只有学校有活动了，我们才能见到那些孤儿。他们穿着校服，举着旗子，打着军鼓，看上去很神气，不过平时他们是什么样子的，我们一无所知。

学校有传道嬷嬷和牧师，每个礼拜天，我们都要去教堂做礼拜。吃圣餐的时候，我也会帮着传道嬷嬷一起发，一小杯红酒，一小块面包。圣餐不是每个礼拜都有得吃的，只有在节日才有。礼拜结束，有人会拿着托盘或袋袋来募捐，大家就往里扔钱，我们虽然是学生，但多多少少总要给一点的。一般就给个几角钱，要是给一块，那就算派头大了。

一到圣诞，我们学校就会开晚会，我经常自编自导自演，每次我的节目都很受欢迎。记得有一个节目叫洗头，其实很简单，就是叫两男两女，一女坐男站，一男坐女站，做洗头状。过一会把坐的人眼睛蒙上，身后悄悄换人。女后站女，男后站男。台下的观众会问，洗得舒服吗？要是台上的人说舒服的，观众就说，舒服就相互亲一个。那时候还是很封建的，被蒙眼的吓坏了，有的拉蒙眼布，有的碰倒了椅子，乱成一团，拉下布一看，身后其实早已换成同性的了。观众都笑得前俯后仰。

晚会前还会发糖果，都是花花绿绿的美国糖。会场前面坐的都是老师学生，后面坐的都是食堂的或者清洁工，以前发糖的人只发前面，不发后面，我看不过去，就提出来由我来发糖，从前面发到最后，大家都有，别人也不好说我什么，所以那些食堂师傅和下人们对我都很好。

我平时的打扮也很特别，那时候女孩子都喜欢漂亮，我姐姐头发多，晚上就梳成很多小辫子，第二天松开来，头发就会蜷曲蓬松。我因为调皮，剪的是男孩发型，很短，后面倒剃上去的。我喜欢穿白衬衫，夏天全部是白衬衫，圆领的。到冬天，白衬衫外加一件藏青的西装，里面一件羊毛马夹。小时候从来不穿裙子的，后来大了，有时会穿过膝的西装裙。

最难忘的朋友

　　盛菊英的父亲是牧师。她的钢琴弹得非常好，唱诗班开始唱赞美诗的时候，她在上面弹琴，唱诗结束，牧师开始布道了，她就会下来坐在我旁边，我们俩嘀嘀咕咕地讲悄悄话。密斯格露丝的中文名字叫顾蓓蕾，我们也叫她顾小姐。礼拜六下午没有课的时候，顾小姐经常会跟麦嘉琪等其他的外国老师一起到我家来吃饭，她特别喜欢吃中国菜，随便什么家常菜，她都说好吃得不得了。

　　我有一个要好同学，叫盛菊英，她的父亲是牧师。她的钢琴弹得非常好，唱诗班开始唱赞美诗的时候，她在上面弹琴，唱诗结束，牧师开始布道了，她就会下来坐在我旁边，我们俩嘀嘀咕咕地讲悄悄话。

　　盛菊英是姐妹两个，她是姐姐，还有个妹妹。说来也怪，我喜欢跟她玩，我姐姐喜欢跟她妹妹玩。她们家就住在教堂的院子里，我跟我姐一进门，她家人就会喊，密斯（Miss）大祝来了，密斯小祝来了，于是，我就到她房间去，我姐到她妹妹房间去，然后各玩各的。我最喜欢坐在她家窗台上，她家的窗外种满了葡萄，圣餐用的酒就是用这些葡萄做的。葡萄结果的时候，一串串的，很好看，坐在那里，伸手就能采到，但我们从来不采。

　　逃难的时候我跟盛菊英也在一起，后来她考到南京金陵大学去读书了，很多年没有联系了。

　　学校的老师都很喜欢我，最喜欢我的是密斯格露丝，她的中文名字叫顾蓓蕾，我们也叫她顾小姐。美国人。她的父亲是密斯特·荣，我们都叫他荣医生，是精神病院的医生。(《苏州地方志·苏

1903 年的福音医院

州基督教篇》记载：1896 年戴维斯在齐门外洋泾塘买地四十余亩建福音医院，并设精神病院。）顾小姐四十多岁的样子，不算高，胖胖的，喜欢穿花色鲜艳的连衣裙。有一次我跟几个同学去她房间玩。一进门我们就不好意思往里走了，她的房间干净得不得了，特别是那张床，铺得特别考究，我们没人敢坐。顾小姐就把我硬按在她的床上，还故意把我推来推去，让我在床上翻滚，把床单揉皱，这样一来，我们就都不拘束了，都肯坐了。

　　格露丝跟别人讲话的时候，我经常做她的翻译。礼拜六下午没有课的时候，顾小姐还经常会跟麦嘉琪等其他的外国老师一起到我家来吃饭，她特别喜欢吃中国菜，随便什么家常菜，她都说好吃得不得了。

格露丝后来回美国去了，估计她早就不在了，不然这么多年，她不会不回来看看的。

我的学车生涯

我学车主要在精神病院里。那里有个很大的院子，还有草坪，摔倒了也摔不坏，是个学车的好地方。我们一放学就去那里骑自行车，骑一会，就打开铁门去看精神病人。我的车技非常好，单脱手，双脱手，两个臂膀一抱，骑得洋洋得意。

都说属猴的人性格活泼、好动，我觉得跟我倒是蛮像的。

上学时我经常闯祸，做出一些令人匪夷所思的事。譬如滑滑梯，我也要滑出点花头来。别人都是坐在滑梯中间滑，我偏要坐在旁边的扶手上滑，结果有一次翻到地上，当场就昏过去了，人家把我扶到房间里，很长时间我才恢复知觉。还有一次也是，家里有客人来，我穿着软底拖鞋，想下去帮忙拎箱子，家里地板是打过蜡的，很滑，结果一不小心，我从楼梯上摔下去了，当时大家都来扶我，我还有一点知觉，赶紧摇手，叫他们不要动，在地上躺了一会，感觉好点了，才睡到床上去。照理这两次我都应该脑震荡了，可是我的智力一点没受影响，好像反倒越摔越聪明了。

我读高中的时候，骑自行车已经很时髦了，我当然不肯落后，就天天学着骑。车子是租的，有个同学的爸爸开自行车行，说是租车，但基本上没要过我的钱。我学车主要在精神病院里，那里有个很大的院子，还有草坪，摔倒了也摔不坏，是个学车的好地方。精神病院的王医生是病人的管教，他的女儿跟我也是同学，她有精神病院的钥匙，我们一放学就去那里骑自行车，骑一会，就打开铁门去看精神病人。对那些精神病人，我们只是好奇，并不知道害怕。有一次我们在过道里玩的时候，一个护士端着药盆过来，旁边一个疯子突然跑上来在护士的胳膊上咬了一口，护士哇的一叫，药片翻了一地。王医生听见了，立刻拿着电棍跑过来，刷地打过去，那疯子立刻老老实实地跑到房角蹲下不敢动了。那些精神病人其实也聪明的，不知道为什么他们知道我们跟王医生有某种联系，他们怕王医生，所以也怕我们，我们在精神病院跑来跑去，从来没有受到他们的伤害。

后来我的车技非常好了，先练单脱手，单脱手会了就练双脱手。一次在练双脱手时，自行车辗到一块小石头，车子歪了，我的手来不及扶把，当时人就摔出去了，在沙地上搓出去好远，起来一看，下巴上一道道血痕，像山羊胡子一样。我这个人比较吃痛，爬起来用冷水冲冲，但是没走几步，就脚一软晕了过去。两个同学把我架到跷跷板上躺着，躺了一会，醒过来了，又回到教室趴在桌上，头一直昏昏沉沉的。

骑车我还袭过警呢！有一次我在马路上骑自行车，骑得飞快，双脱手，两个臂膀一抱，正洋洋得意呢，没想到被警察发现了，就过来拦我。当时我正在上桥，我也不管三七二十一，对着警察就冲过去了，前轮正好穿进警察的双腿间，把警察一下子扠了起来，我一看不好，趁警察还没有反应过来，一捏刹把，把自行车转了个身，下桥逃走了，警察在后面喊我也不睬。那时候警察没有对讲机、摩托车的，不然我也逃不掉。

多才多艺的"祝枝山"

那时的同学都喜欢叫我祝枝山。祝枝山自幼天资聪颖，我也蛮聪明的，弹钢琴、拉胡琴都是自己学的。还有一种叫滑笛的西洋乐器，没有按键，也没有孔，不同的音阶完全靠上下移动来控制，我也学会了。吉他也是，夏威夷式的、西班牙式的，都会，口琴还上台表演过。我乒乓球打得很好，喜欢玩"抖铃"、"变戏法"，就连吃瓜子都比别人厉害。一把西瓜子进嘴巴里没一会儿工夫，吐出来干干净净的两瓣壳。

不知道为什么，那时的同学都喜欢叫我"祝枝山"。平时我们都在学校吃饭，大家围着桌子，有菜有汤，就像现在吃圆台面。我这个人做别的事都快，就是吃饭慢，每次别的桌子都吃好了，我还在慢慢吃。食堂里的师傅看我菜没有了，就会过来给我添菜。后来别的学生门槛精了，都要跟我坐一桌，说跟"祝枝山"坐一起，有菜可以添的。

祝枝山自幼天资聪颖，被称为"神童"。不是自吹，其实我也蛮聪明的。上小学的时候，因为功课好，老师经常叫我批簿子（作业），我画的画比老师画的都好。小学六年级的时候，有两个老师请假了，学校就叫我做代课老师，最多的一次兼两个班，一个班我在黑板上写好字，叫他们抄写，还有一个班我就给他们上音乐课，我弹琴，叫他们唱歌。学生们没有一个敢捣蛋的。

我弹钢琴、拉胡琴都是自己学的，还有一种叫滑笛的西洋乐器，没有按键，也没有孔的，不同的音阶完全靠上下移动来控制，我也学会了。前些日子丹丹买来一支葫芦丝，问我会吹吗？我说这有什么难的，我吹给你看，呜哩哇啦地一吹，她们都看傻掉了。

吉他也是，夏威夷式的，西班牙式的，都会，现在大家弹的都是西班牙式的，用背带背着弹。夏威夷式的是横下来放的，用一根音棒滑动演奏。我的口琴还上台表演过，当时吹的是一支禁曲，名字现在记不清了。

我还喜欢玩"扯铃"，南方人叫"扯铃"，北方人叫空竹。我可以抖出很多花头来，一会抛，一会接，一会用棍子点，嗡嗡嗡的，声音可好听了。买"扯铃"都是我自己去挑的，当场就试，看响不响，拉得响再买。

现在大家说的魔术，我们那时候叫"变戏法"。有一种戏法叫"飞过海"，就是拿十个铜板放在手心，一握一开就只有九个了，再一握一开就只有八个了，最后一个都没有了，全变光了。我的手脚快，变得飞快，别人怎么看都看不出名堂来。变戏法是怎么学会的？都是自己看会的。家里有亲友来，会请他们去听书、听评弹，或者看变戏法。大人坐包厢，小孩就在后面钻来钻去。变戏法的窍门都是在后面看会的。

学校毕业后我工作了一段时间，因为我体育比较好，所以在体育场当了个裁判。体育场在宫巷，前面就是太监弄，对面是公园，至于体育场叫什么名字已经忘了。我的工作很自由，没有比赛的时候想去就去，门口签个到，不想去了就不去。我还当过一个阶段的教师，教初一的语文。但是我不喜欢，因为我脾气不好，学生不听话，我一把领头拎起来，就扔到教室外面去了。后来也不当了。

我当时乒乓球打得很好的，我认识庄则栋的姐姐，后来跟庄则栋弟弟还一起打过球。我发球很刁钻，基本上发球都能得分，别人接不住的。有时候做个假动作，好像要抽球了，等对方跑到后面去了，我又吊了个网前球。

　　就连吃瓜子我都比别人厉害，小时候经常比赛吃瓜子，一百粒瓜子，比时间，还要比吐出的瓜子壳是不是正好两瓣。我一把瓜子放在嘴里，用舌头把大部分瓜子放在嘴的一边，吃一粒吐一粒壳，到最后总是我最快，瓜子壳也最完整。

　　除了这些，我的胆子也比别人大。有一次我们到湖州去玩，住的是教会旅馆。有人告诉我，这家旅馆有鬼，有个外国老太一到半夜就会出来赶人走。结果别人都不敢住了，我不怕，安安稳稳地睡了一晚，第二天别人问，晚上有什么东西没有，我说什么都没有，平安无事。

跟精神病人的"近距离"接触

　　精神病人有没有爱情？也有的。有一对男女，都是精神病人。他们是怎么好上的，谁都说不清楚，一直没被人发现。有一天早上，他们大概睡糊涂了，被人发现睡在一张床上，这才露了馅，结果医生一检查，他们的病其实早已好了。

　　日本人来的时候，苏州城里几乎走空了，我们就跟着美国人一起去逃难。说实话，那些美国人良心还是很好的，逃难时，精神病院里还有近二十个精神病人没人认领，他们居然带着这些精神病人一起逃难，真是不容易！我们坐的是大汽船，后面一排拖船，有医院职工，还有那些病人，浩浩荡荡的，一直开到光福镇。（《苏州地方志·苏州沦陷篇》记载：在苏州沦陷前的一周中，以香雪海风景驰名中外的光福镇及其四周迁来了许多城里人，其中有一批头面人物，即所谓的士绅之流。）

我们住在申关盛家的茧行里，茧行的房子很大，申家把茧行撤空了，让我们住。那时候日本人对美国人还是有点畏惧的，为了避免日本人骚扰，我们在茧行的门窗外统统插上美国旗，弄得像个领事馆。

听说日本人喜欢找花姑娘，很多家里有女孩子的，都把女孩送到我们这里来，想靠美国人的招牌躲过一劫。

有一次，日本人真的闯了进来，东看西看，那些女孩子都躲在房间里索索抖，不敢出声。幸亏有美国人在，当时不知说了些什么话，可能在气势上压倒了对方，只见翻译叽里咕噜地说了几句，日本人就走了，有惊无险。那些美国人真的救了很多人，看《辛德勒名单》的时候，我总是会想到当时的情况，要是有人编写一下，也是一部好电影。

以前去精神病院玩，跟那些精神病人基本上是不接触的，因为有铁门，逃难没有条件隔离了，所以我们等于天天近距离接触。

在申家茧行，我们住在楼上，他们就住在楼下，男男女女的，一共大约有将近二十个人。他们都不是武疯子，也没看见他们发什么病，就是讲起话来有点疯疯癫癫。有一个女的精神病人，老是喜欢穿红皮鞋，咯噔咯噔地走来走去，见到人就说自己是林肯老婆。有一次她老远看见我，忽然来了个九十度的鞠躬，叫，孙中山先生！把我吓了一跳。后来，她只要见到我就鞠躬，就叫孙中山先生。后来她的病好了，我见到她的时候问她，你还认识我吗？她就咯咯咯地笑。我又问，你以前为什么叫我孙中山先生呢？她说，我一进门，给她的感觉就是孙中山先生来了，她心里孙中山的样子就是像我这样的。真有意思。

他们虽然脑子不清楚，但说出来的话倒也蛮有趣的。譬如有人指着日本旗问他们，这是什么，他们就说，哦呦，一帖烂膏药呀！我有时候用纸头卷成卷去骗他们，说，给你们香烟抽。他们就说，这是纸头，你骗人的。

精神病人有没有爱情？也有的。有一对男女，都是精神病人。以前在精神病院男女病人都是隔离的，逃难时不隔离了，都住在一间大房子里，男的住左边，女的住右边。他们是怎么好上的，谁都说不清楚，一直没被人发现。有一天早上，他们大概睡糊涂了，被人发现睡在一张床上，这才露了馅，结果医生一检查，他们的病其实早已好了。这件事成了当地的一个大新闻。既然病好了，医院就叫他们出院，据说他们后来结婚了。

惬意的"逃难"

我们逃难没吃过什么苦，日子过得很太平，在光福我们一直住到陆陆续续有人回苏州了我们才回去。

说是逃难，其实日子蛮惬意的，那时候吃饭是开大伙仓，用很大的锅子烧饭，一批人吃好了，再来一批，开销都是美国人的。吃饭时还有佣人站在身后，看谁的碗空了就帮谁添饭，吃好了还把毛巾送到我们手上。

申家是个慈善人家，专门做好事，冬天送丝绵，夏天开粥棚。

梅开那时　　　　　清奇古怪

　　我们在那里住的时候，他还叫我们一起去做慈善，给我们每人一本米票，面值有一升的两升的，最大是一斗，看见穷人就撕一张给他们，到随便哪家米行都可以领米的。做这些事很开心。

　　梅花开的时候，我们就到三官塘去玩，坐在亭子里喝茶赏梅，那里遍地都是红梅、绿梅，坐在当中，香是香得不得了，弄得我们心痒痒的，老是想去采。有一次我们几个打赌，说好这次谁都不许采花，谁采就罚谁。但是这些花实在太好看了，我忍不住，还是去采了一束。她们说，好花可看不可采，我就说，好花可看亦可采，莫待无花空折枝。后来她们罚我买馄饨和鸡蛋给她们吃，罚就罚呗，吃好了我拿着花开开心心地回家插起来。光福有四棵奇树，名字就叫清、奇、古、怪，景很好，也是个很幽静的地方。

　　申家的后门开出去就是山，是什么山我已经忘了。申家有个佣人叫三伯，对我们很好的，去后门要穿过一道长长的走廊和大厨房，三伯经常偷偷地开门让我们去爬山，但我们爬一会就赶紧下来了，因为被大人知道了，三伯会吃"排头"（被斥责）的。三伯有时候还会带我们去箱子间玩。箱子间在四楼，里面有十几个朱红漆的大箱子，上面都贴着封条，已经几十年了，从来没有开启过。祖上贴的封条，小辈不可以撕的，所以里面装的是什么东西，他们家里人自己也不知道。

　　过年的时候，申家要祭祖，台上摆满了供品，他们家的人老老少少排好队，一批一批地磕头，我们就在旁边看。在供品的正当中有一盆去了皮的地力，地力在有的地方叫荸荠，喜欢吃的人不少，但作为供品，我们还是第一次看到。我们就问申家的佣人，为什么要放这么一盆去皮的地力呢？佣人悄悄地把我们拉到一边，跟我们讲了这么一个故事：

　　申家有座家庙，养着一些出家的尼姑，叫师太，其中三师太最漂亮，还很有学问。申关盛十八岁那年，想到庙里去找三师太，结果被大师太二师太发现了，就把他关了起来，不让他回家。当时申关盛已经成家，家小到处找啊，就是找不到。一次，家小到庙里去求菩萨，希望菩萨保佑家里男人早点回来。申关盛正好被关在佛堂的上面，听了家小叩拜时的话，心里发酸，就落下泪来，正好滴在家小的头上。家小说，上面怎么有水呢？大师太二师太就遮掩说，是老鼠尿。后来申关盛生了重病，大师太二师太就赶他出门，还是三师太悄悄地收留了他。三师太懂医，会看病，她亲自把脉，开出方子叫女佣去买了药来煎，一口口地喂，最后申关盛慢慢好了，两个人也有了感情，最后生了一个儿子。儿子长大了知道了这件事，还到庙里去认过娘的，但是三师太不认他，她说你已经是举人老爷了，我不能认你，不肯跟儿子回去。据说现在的那盘去皮地力就是为了纪念三师太。

当时佣人关照我们无论如何都不能说，但是后来说书人把这段故事编成了书，为了避免引起麻烦，还把申关盛改名为金关盛。

说真的，我们逃难没吃过什么苦，日子过得很太平，在光福我们一直住到陆陆续续有人回苏州了我们才回去。回到苏州后，申家的后人也一直来我家玩的，两家关系一直很好。

第三章　最亲近的家人

什么是家人，家人就是在你高兴的时候比你高兴的人，在你落魄的时候全力支持你的人。是你在出门时特别想念的人，是打断骨头连着筋的人。

爸爸和他的坏脾气

我爸爸叫祝尔康，是个老同盟会员，当年跟孙中山参加过辛亥革命。爸爸是信基督教的，他一直说，不管信什么教，不要做恶人，不要做坏事。还叫我们要晓得穷人的苦，不要饱汉不知饿汉饥。

我爸爸叫祝尔康，是个老同盟会员，当年跟孙中山参加过辛亥革命。他从日本留学回来，正好是日本人入侵的时候，因为他在留学生中有影响力，所以日本人找到他，希望他出来做事，但他坚决不肯。后来日本人降低条件，说只要他挂个名，每个月还可以拿现成的钱，但他还是不肯，私底下跟家人说，坚决不当汉奸。

有段时间爸爸妈妈经常住在天津，那时我们还小，也不去打听，只知道天津有生意，好像是药房吧。他们只有逢年过节回来

我的父亲　　　　　　　我的母亲

一趟，他们回来的时候，家里管家的娘姨就会把我们几个孩子统统叫去，站成一排。我们都有点怕父亲，他问我们什么，我们就答什么，简单问几句后，他就会给我们发零用钱，发完钱就说，好你们去吧，于是我们就像笼子里放出来的小鸟，一哄而散，拿着钱去买吃的。

　　小时候我们跟爸爸不亲的，他的书房不让进，有时候他在跟人讲话，我们要是站在旁边，他就会说，你们小人不懂的，出去！

　　爸爸是信基督教的，他一直说，不管信什么教，不要做恶人，不要做坏事。还叫我们要晓得穷人的苦，不要饱汉不知饿汉饥。我年轻时候想学医，他很赞成，一直跟我说，做医生不是为了钞票，要有医德，穷人来看病不要收他们钱。

爸爸的脾气不大好，我听说过这么一件事：有段时间他帮外国人管理教会学校，一次开会迟到了，外国人便责怪他，为什么迟到。他看看表说，我没有迟到啊！外国人就叫大家都拿出手表来对，原来是爸爸的手表慢了，确实迟到了一个小时。爸爸居然不认错，当场脱下手表说，哦，不是我的不对，是它的不对。他把手表扔在地上，用皮鞋咔咔咔地一阵踩，把手表踩碎了，然后大摇大摆地进了会场。外国人看得目瞪口呆，但拿他没办法。

后来爸妈老了，我经常接他们到上海来住，但爸爸的规矩还是蛮大的，孩子们都怕他。有一次吃饭前保姆在烧菜，烧好一只就放在桌上，再去烧别的菜。有一只菜是洋葱炒肉片，香得不得了，我的大女儿清清吵着要吃。因为清清够不着，所以保姆就把菜端下来放在圆凳上，清清就用手一块一块拿来吃。起先爸爸还忍着不说，后来看清清吃个不停，终于忍不住了，狠狠地拍了一下桌子，说，小孩子怎么这么没规矩！清清吓得哇一声哭起来，再也不吃了。保姆赶紧过来把菜放回桌子，拉着清清到房间里去。后来清清哭了很久，连饭都不肯吃。这件事她到现在都记得，说外公那时候好凶哦！

我爸爸有很多学生，但我印象比较深的是两个，一个很有出息，叫陈林，是中央银行的总裁。那时候他还很年轻，一次跟我爸爸去逛外滩，觉得那房子很雄伟，很有气派，他就跟我爸说，以后我要用这房子做办公室。后来他真的做了中央银行总裁，在外滩的大楼里办公。我爸爸还有一个学生，叫蒲寿石，他上不了台面，我爸一说起他就摇头。有一次蒲寿石找到我爸，说想请他帮忙介绍工作，我爸就想到了那个陈林，于是带着蒲寿石去外滩中央银行。那天正好是什么节日，银行门口站着许多背着长枪的人，蒲寿石一看吓得半死，不敢进去，还是我爸硬拉着他进去的。一进门就被人拦住了，问找谁，我爸理直气壮地说，找你们总裁，我是他老师！门口的人进去通报，马上就出来说，请。没走几步，总裁已经迎了出来，我爸跟他握手，把蒲寿石介绍给他。蒲寿石紧张得不得了，一转身就撞在门上了，真是非常失礼。坐下后佣人奉上茶来，蒲寿石又是一哆嗦，水也泼了出来，只好让佣人蹲在地上用白毛巾去擦。说了一会话我爸便要告辞，陈林要请我爸到楼上的饭厅吃饭，被我爸推辞了，陈林就让蒲寿石回家等消息。后来陈林不知给蒲安排了什么工作，但蒲寿石却找到我爸说，老师，这个地方我再也不去了，吓都吓死了。那天回来后我爸就把这件事当笑话告诉了我们，所以我印象非常深。我爸说，都是一样的学生，差距居然这么大，真是让人难以置信。

教我《古文观止》的老师陈贯之也是我爸爸的学生，来我家还常唱昆曲给我们听。

我爸爸当初在上海也买过地皮，本来想开厂，可是没等造起来，地皮就给国家收去了。地皮是国家的嘛，收回去一分钱都没有拿到。

妈妈和她的娘家人

妈妈真是上得了厅堂又下得了厨房的大家闺秀，她上过十年私塾，饱读四书五经，很会做诗对对子。她的针线活非常好，做的中式服装，肩是肩，腰是腰，盘的钮子钮襻，非常精致。特别是绣花，绣出的鸳鸯、牡丹等真是栩栩如生。每到过年我们总有绣花鞋穿。因为爸爸是基督教徒，所以家里经常有外国人来，妈妈都会亲自烧菜做点心给他们吃。她烧的菜做的点心又干净又好吃，色香味俱全，粽子、月饼，自己都会做。

我妈妈姓毛，娘家是个上海的大户人家。我妈妈是从上海嫁到苏州去的。大舅家在天津，我没去过，小舅家我倒是经常去的。我小舅有个外号叫"毛堆山"，什么意思，就是说他非常有钱，金子都堆成山了。他家里有个大花园，连花匠都有四个。我小舅还有个外号，叫"困发财"，上海人睡觉叫"困觉"，意思就是他睡着都能发财。他是做药材生意的，有一次他买了一批西药——"盘尼西林"堆在库房，可是自己却生起病来，一病就是三年。三年后这药成了紧俏商品，涨了很多倍，他把药全部抛了出去，赚了一大笔钱。

我小舅抽大烟，一种最好的烟土，都放在青缸里，专门有一个人服侍他抽烟。挑烟，捻成烟泡，点上，再把烟枪递给他抽。一次我去小舅家，他正在抽大烟，我一闻，什么东西这么香啊！有人告诉我，这是鸦片。我心里想，这鸦片比香烟香多了嘛。有一次我趁小舅不在，偷偷地抽了几口，后来又调皮，用吃剩下的泡泡糖，也做成烟泡的样子，放在烟嘴上，小舅没发现，抽烟的时候，抽来抽去怎么都抽不动，原来泡泡糖把烟嘴给堵塞了。小舅问，这是谁干的？我说是我。我这个人，自己做的事从来不赖的。小舅也不好把我怎么样，只好换了支烟枪，那支烟枪就废了。他家烟枪很多的，墙上挂了一排，烟嘴都是翡翠白玉的，很漂亮很精致，当然很值钱。

也许是小舅家里太有钱了，还遭了两次绑票。绑票的土匪对他很优待，通知家里后，知道毛家肯定会来赎票的，所以好吃好喝地待他,还给他买最好的烟土。赎票的地点在乡下,毛家开车去按要求放下钱,再开车离开,过几个小时后再去接人。两次绑票小舅都毫发无伤,命很大。据说是花匠贪恋钱财做了内应,不过小舅也没有追究。

别人家抽大烟都抽穷了,但小舅家好像一直很富裕。

我还有个大姨妈,大姨妈住在建国西路。那时候我们每年都会去给大姨妈拜年,她家规矩很大,我们还是小孩,她的孙媳妇年纪比我们大,但见了我们照样要磕头。

我妈妈真是上得了厅堂下得了厨房的大家闺秀,她上过十年私塾,饱读四书五经,很会做诗对对子。那时候大人出了上联给我们对,要是对不出就要罚酒,我们不会喝酒,对不出就逃。

妈妈也很会讲故事。小女丹丹小时候就喜欢粘着外婆,听她讲才子佳人、帝王将相,有时候还讲聊斋,讲鬼故事。丹丹喜欢听,既喜欢听又觉得害怕。一边听一边想象书中的人物情景,想到聊斋里面的妖怪和灵性就会个个活灵活现地跳出来,好像在看电影。

妈妈的针线活非常好,特别是绣花,绣出的鸳鸯、牡丹等真是栩栩如生。妈妈做的中式服装,肩是肩,腰是腰,盘的钮子钮襻,非常精致,不像现在服装店卖出来的中装,都是粗针大线的,穿上去鼓鼓囊囊,一点不合身。妈妈绣的花也非常漂亮,我结婚的时候她亲手绣了一对拖鞋给我们。大女儿清清一直藏着妈妈绣的"油面搨"不舍得扔。"油面搨"就是以前女人用来搨头油的,圆形的,上面绣着花,很精致,简直就是极品。我们穿的棉鞋等,妈妈也都绣上了花,很漂亮。

因为爸爸信教,所以家里经常有外国人来,妈妈都会亲自烧菜做点心给他们吃。她烧的菜做的点心又干净又好吃,色香味俱全，粽子、月饼，自己都会做的。可是妈妈的心灵手巧一点都没有遗传给我，我什么都不会，绒线不会结一针，钮子掉了都不会钉。

我爸妈晚年的时候，苏州家里用了两个保姆，一个叫朱妈妈，一个叫杨妈妈。但是她们做事很不上心，每天空下来就坐在弄堂里说话，咯咯咯地笑，烧点好菜都自己吃，爸妈年纪大了，吃不动了，她们就整天给他们吃粥，烧一锅子粥，到吃饭时间了，就热热给他们吃，连我爸爸的脚都不帮他洗。妈妈服侍爸爸服侍不动，自己都累病了。每次我去看他们，都会另外留钱给一个杨先生，托他经常买点好吃的给爸妈补补。后来爸爸去世后，我索性就把妈妈接到上海家里来住了。

妈妈是九十一岁去世的。大概是半夜里走的，当时是在家里，没有什么痛苦，很安详。那时丹丹还小不懂事，她不相信外婆死了，想等外婆醒过来，结果被她爸拉出去了。后来殡仪馆的车子来了，用担架把妈妈抬了出去，邻居奇怪，都说，这家人怎么不哭的呢？我对他们说，她要去天堂了，干吗要哭呢？阿门。

文静懦弱的大姐

大姐跟我的性格完全不一样，我喜欢动，主意大，她却非常文静老实。在家的时候一点声音都没有的，好像家里没有这个人。年轻时候足不出户，印象中没有谈过恋爱。中年的时候倒是找到一个好丈夫，一个很著名的昆虫学家。他们结婚的时候还都是童男童女。这可能是冥冥之中的安排，大姐曾做梦去过这家人家，也见到过此男子和老太太。当时是还不认识的时候。

大姐、我和清清　　　老姐俩

　　我的大姐叫祝兰英，比我大四岁，现在还健在，已经九十八岁了。小时候我们在一个学校读书，人家叫她密斯大祝，叫我密斯小祝。她跟我的性格完全不一样，我喜欢动，主意大，她却非常文静老实，就像我是姐姐她是妹妹一样，出去都是我带着她，吃、玩，什么都听我的。我喜欢吃火鸡面，不是真的火鸡，是面上一排鸡一排火腿，所以叫火鸡面。味道十分好，价钱也是当时最贵的，每次去吃面，只要我说吃火鸡面，大姐也跟着我吃。

　　大姐在家的时候一点声音都没有的，好像家里没有这个人。学校毕业后她也没有出去工作，就在家帮着记记账。家务跟我一样，也不会做的。年轻时候足不出户，印象中没有谈过恋爱。有

大姐和姐夫周大渭

一次上海王开照相馆的老板要续弦，别人把我大姐介绍给他，结果那个老板见了面之后跟介绍人说，我续弦是要带出去应酬交际的。他觉得我姐姐性格内向又不善言谈，不合适。

不过她中年的时候倒是找到一个好丈夫，可能是冥冥之中的安排，大姐在梦中去过这家人家，见过姐夫。姐夫姓周，叫周大渭，也是苏州人，浙江大学的教授，一个很著名的昆虫学家，中国第一本昆虫学的专著《医学昆虫学》就是他写的。那本书的逻辑性很强，在医学昆虫学方面填补了国内的空白，据说当时是周恩来总理特批的特别奖励，还拿到了几万块钱的特别奖金，在上世纪50年代，这几万块钱是一个很大的数目了。

说起这个周大渭，还真是有一段故事可以讲。据说他在上大学时有过一个女朋友，谈了几年恋爱，两人订了婚。他们一起去了美国夏威夷（当时叫檀香山）。后来那女的嫌周大渭土气，跟美国人结婚了。这下周大渭受了很大的刺激，就说自己一辈子都不结婚了。

周大渭长得什么样？有一篇文章叫《周大渭教授二三事》，里面描写了一段周大渭的外貌："他戴了一副深度近视眼镜，坐在凳子上，弯着腰，一顶旧呢帽用右手三个指头捏着帽尖放在胸前，那是民国时期的文人表示礼貌恭敬的姿势。腿上放着一只有点旧了的大公文皮包，鼓鼓囊囊的，公文包满满地装着许多有点弄皱了的稿纸。那是那个年代（1955 年）能最后见得到的活古董了。"其实，年轻时他的长相还是蛮好的，很像溥仪年轻时候的样子。

那篇文章里有一段关于婚姻的事写得不实，说在苏州的长兄长嫂给他介绍了一个对象，是位苏州某高校教师的夫人，丈夫几年前在"文革"中含冤去世了，还说是在苏州结的婚。其实，周大渭是个很执着的人，别人给他介绍对象，他坚持一定要找个没有结过婚的人，所以我家的一个远房亲戚才把大姐介绍给了他。他们结婚的时候还都是童男童女。

结婚是在苏州的新聚丰大酒店，当时我的两个女儿还做了她的伴娘。婚后其实他们也没有同房，因为当时他们都已经五六十岁了。后来大姐患了妇科病住院治疗，医生手术时发现她还是处女，当时医院里都当新闻来讲的。

周大渭家里是老房子，很破旧了，因为他经济条件好，所以家里亲亲眷眷老是找他要钱，一会说房子漏了要修，一会又说什么坏了要买。周大渭是家里老大，还是蛮孝顺的，那时候"俚笃个娘"（苏州方言，"他妈妈"的意思）已经九十多岁了，所以家里要钱，他总是给的。

但他对自己却很小气，我有时候气起来就会说他，一分钱看得像人民广场。譬如大姐最喜欢吃绿扬村的虾肉馄饨，他自己不舍得吃，只买一碗馄饨，大姐吃，他就坐在旁边看。姐姐知道他的脾气，所以总是剩几只，说自己吃不下了，他才肯吃。

因为他家的房子老，冬天冷，所以有段时间只要天冷了他们都要到我这里来住一段时间。周大渭整天捉苍蝇捉蚊子，捉到就拿个放大镜给清清丹丹看，教她们认什么是雌的，什么是雄的，还说雌蚊子咬人吸血，雄蚊子不咬人吃露水。

我记得他家在苏州白塔西路95号，他娘倒很健谈的，有时候清清丹丹去还会给她们讲故事。

周大渭是1996年去世的，好像是九十一岁吧。他去世后，大姐又搬来跟我一起住。后来她有点老年痴呆了，在家里总是"作骨头"（苏州方言，使性子、无理取闹的意思）。有一次亲戚送给她一包哈士蟆，补品。她不知道是什么，就放到房间去了，晚上她偷偷拿出来吃，你想，这干的蛤土蟆怎么能吃，一咬，全吐了出来。第二天哭丧着脸告诉我们，那个人送的饼干不好吃！幸亏只咬了一口，不然好东西就给她糟蹋了。她身体不好，到现在一直住在医院里。每个星期清清总是去看她两三次，给她送菜送水果和日用品。有时候丹丹她们也会用轮椅推着我去。不过她有时糊涂有时清醒，问她祝兰英是谁，兰宝是谁，她一会指指这个一会指指那个，说不清楚。她喜欢吃炒虾仁，每次丹丹去医院看她都会到医院附近饭店给她炒一盘虾仁，带去给她当饭吃。

革命的大哥和二姐

我的大哥祝德章，是抗日的英雄。用现在的话说就是卧底，潜伏在日本人那里工作。大哥经常利用工作上的便利，私底下修改审问记录，对上面说都是些老百姓，释放了不少被俘的共产党游击队员。后来"穿帮"了，被杀害前还被押在卡车上游街，报上都登过的。大哥牺牲时才二十多岁。二姐当时也是受大哥的影响，说要为大哥报仇，瞒着父母就参军去了，后来也没有回来。有人说她是抢救伤员被弹片所伤而死亡的。照理我们应该算烈属，那时候没有这个意识，解放后也没去争取。

很多人总以为我们家是资产阶级，其实说起来我们也是个革命家庭。革命革命，革掉过两条命。

大哥是很聪明能干的一个人。他的水性非常好，在水中憋气，可以憋一支烟的工夫。因为懂日文，所以他也曾经在日本人那里做事，具体做什么我也说不清，好像做得蛮大，日本人还送给他一栋洋房，在"救国里"。

那时候他经常听到有人宣传革命，很拥护，所以在日本人审问那些被俘的共产党游击队员之后，他经常利用工作上的便利，私底下修改审问记录，对上面说都是些老百姓，释放了不少人。后来"穿帮"了，他化装出逃。日本人出五百块大洋要他的人头。五百块大洋，在当时是一笔很大的数目了，不知是否有人告密，反正最后还是被日本人抓住了。他什么都承认下来，被杀害前还被押在卡车上游街，就在观前街、宫巷一带。他一路高喊，我不是强盗，我不是坏人，人总是要死的，二十年后我又是一条好汉。

围观的人都说，这个人有骨气。

我哥被枪杀后日本人倒也允许收尸、下葬的，当时是我妈妈和嫂嫂去收的尸。具体情景都记不太清楚了，不过殡仪馆、停放棺材的房间和坟地，似乎还有点印象。坟地造得蛮讲究的，有石头台阶和围栏，后来乡下人在围栏上拴牛，时间长了围栏都倒了。我很多年都没去了，现在肯定坟都不在了。

当时我哥才二十多岁，叫祝德章，报上都登过的。那张报纸我爸爸还剪下来，压在书房的玻璃板下，一直留了很多年。后来我们搬到上海来住，那张报纸忘了拿，到底是什么报现在也记不清了。想想真的很可惜，留着那张报纸，起码也算留下我哥的一点痕迹吧，现在什么都没了。

我爸妈很坚强，大哥死的时候，他们连一滴眼泪都没掉。我哥是独子啊！我爸说，他死得光荣。我妈也没有哭，她还说，你们就是用辣椒来辣我眼睛，我都不会落一滴眼泪的。

我哥死后我爸妈对我嫂子说，你要是想守，我们从此就拿你当女儿，要是想嫁，也随你。嫂子是个教师，当时说再说吧。后来她嫁人了，我们尊重她的选择。

我二姐当时也是受大哥的影响吧，说要为大哥报仇，也要去革命。女孩子，她根本不懂啊，瞒着父母就出去了，当时一共有八个女孩子一起去参加革命的。家里四处打听，后来才知道她参加了部队的医护工作，最后为了抢救伤员而献出了年轻的生命。记得爸爸跟我们说，他做梦梦到二姐了，身上都是血，果然，不久阵亡通知书就来了。

照理我们应该算烈属的，那时候没有这个意识，解放后也没去争取。

我大哥和我二姐都是大眼睛，我跟我大姐继承了祝家的小眼睛。你看祝枝山，就是小眼睛、近视眼，后来我说，大眼睛的都没了，小眼睛的倒都活下来了，还这么长寿。我大姐今年也已经九十八岁了。

帅气憨厚的丈夫

我的丈夫郭光熙

我的先生叫郭光熙，是我爸爸的学生蒋大春做的媒。我爸爸跟我说，这个人很正派，人不但聪明，且忠厚老实。是土木工程及化学工程师双重学历，有自己的事业，在天津有造纸厂，在上海有营造厂，还写得一手好字，是百里挑一的人选。既然爸爸说得这么好，那么开始相互书信来往了一段时间，就选了日子准备结婚。郭光熙长得帅气潇洒，大眼睛，双眼皮，跟毛泽东有点像。婚后我们过着安逸惬意的生活，他对我的关爱无微不至，无论从物质上和精神上，我都很温馨很满足。

我的先生叫郭光熙，是我爸爸的学生蒋大春做的媒。蒋大春和郭光熙当时都在上海做事，做媒的事是瞒着我的，蒋大春跟爸爸说好后，就带郭光熙到苏州来玩。爸爸的学生带个朋友来玩，是很正常的事，所以叫我出来打个招呼，我就出来跟他们见了一面。后来郭光熙回去后就跟蒋大春说，我看得中的，问问祝小姐是否愿意。我爸爸了解下来就跟我说，这个人很正派，人不但聪明，

新娘　　　　　我们的结婚照　　　我和丈夫在苏州虎丘

且忠厚老实。是土木工程及化学工程师双重学历，有自己的事业，在天津有造纸厂，在上海有营造厂，还写得一手好字，是百里挑一的人选。

　　我本来一心研究中医，对结婚不太放在心上，但是既然爸爸说得这么好，难得遇到这么个人品好又忠厚老实才貌双全的好好先生，我便同意了，相互书信来往了一段时间，不久就选定日子结婚了。通信的内容我已经忘了，无非是他讲讲上海的事，我讲讲苏州的事。结婚在上海和苏州都办了酒，上海记得是在四川路桥的新雅饭店，苏州就在新聚丰，当时新聚丰还叫礼堂。家里很多老照片都没了，可是我们的结婚照还在，连底片都好好的，这么多年了，又是抄家，又是搬家的，但是我唯独把结婚照一直珍藏得好好的，也是留下一个美好的纪念。

郭光熙长得帅气潇洒，大眼睛，双眼皮，当年他一出门就有人喊，毛泽东来了，毛泽东来了，后来到了"文革"，就没人敢喊了，再喊就是反革命了。不过看看他当年的照片，确实跟毛泽东有点像。

郭光熙是全国工程师学会的会员，每年都会去不同的国家和地区开年会，去过德国、英国等。记得他最后一次参加的全国工程师学会年会，是解放前在台湾举行的，当时他还带了整整一箱台币回来。他爱好收藏古钱币，家里已经有无数套古今中外的钱币了，但他有时为了觅一个钱币竟然还是不惜代价。这是他的宝贝，可惜"文革"抄家时都被抄走了，令他十分心疼。

郭光熙在天津开过造纸厂，在上海开过营造厂，1951年上海市人民政府工务局给他发了营造工程许可证，资质是甲等，私营独资，资本额是老币二亿三千四百万，注册地址是圆明园路209号508室。厂名叫企华建筑营造厂。

开营造厂钱还是比较好赚的，譬如当时的航空公司要修跑道，是个大工程，光黄沙就要几万吨，这个项目就是我们中标的。为什么我们能中标，别人做不过我们呢？因为别人流动资金不足，开的都是期票，而我们开出去的都是可以立即兑现的现票，所以接到的工程很多。有时候别的公司会来跟我们商量，是否把工程让给他们做做，郭光熙好说话，就说好的，那么这个工程你们就拿去做吧，对方拿出的谢仪，就是十两一根的两根大条子。你想，工程还没有做，就这么转一转手，就是两根条子，钱是不是很好赚？

我们在香港还有家五金厂，做白铁皮、铁丝、铰链还有落地窗的大插销等，我们那时候的黄铜铰链插销，都是纯精铜制的，黄灿灿的，一百年都不会生锈。五金厂有个很大的库房，亲戚朋友有时来要点白铁管插销什么的，我就叫他们自己去拿，要什么就拿什么。

我们在银行有自己的保险箱，保险箱在金库里，银行职员过来用一把钥匙打开后，就出门去了，留下我们，再用自己的一把钥匙打开保险箱。拿什么放什么银行都不能看的，等我们拿好或者放好了，他们再用银行的钥匙把保险箱锁上。

家里当时还有一辆奥斯丁轿车，圆头圆脑的，很大的车灯，我们都叫它"大眼睛"。"文革"时，一是买不到汽油了，车子停在那里等于是一堆废铜烂铁；第二，这车子就是明显的资产阶级标志，多一事不如少一事，所以赶紧卖了，只卖了二两金子。

家里很早就装了电话，电话号码我到现在还记得，661048，当时只有六位数。电话放在楼梯口，上面挂块黑板，放两支粉笔，要是有人打过电话，什么人什么事，就在黑板上留个言。

记不得是哪一年了，总之有段时间上面说要"打老虎"，很多资本家都被认定为奸商，受到打击。我丈夫胆子小，听说资本家都有可能被当作"老虎"，很着急。厂里有一个会计就来出主意说，我们自己先查，就说账目不清，多补上点钱求太平，省得别人来查。后来真的拿出了一笔钱就没事了。现在想想也蛮傻的，凭啥自己说自己账目不清呢？或许那个会计的账目是有问题，补上的钱说不定正好填了他的窟窿。

后来企华建筑营造厂被收走后，郭光熙被安排在外滩的民用建筑设计院上班，每个月工资是八十多块钱。我丈夫受宠若惊，觉得自己没有被"打老虎"，还给安排工作，十分庆幸，赶紧说我不要工资，我义务去帮忙。工资当然还是给他的，但他好说话，同事们这个借几块，那个借几块，他都肯的。有时候回来说，今天发工资了。我问，那钱呢？他拍拍口袋说，都给借光了。借光就借光吧，反正我们家也不缺这几十块钱。所以，同事邻居对我们都很好，各种运动，包括"文化大革命"，什么关进去啊，扫地啊，批斗、早请示晚汇报啦，我们都没摊上。丈夫的性格跟我倒是很像，对钱也没有感觉。有一只表，是巴拿马博览会时拍卖来的，上面一条龙，后盖的夹层有九个外国人头像，18K黄金的超薄型古董表，据说全世界只有两只。是我爸爸送给女婿的。后来一个朋友说这只表如果拿到德国去卖，可以卖十万马克，我丈夫就叫他们带去了，再后来一点回音都没有，表也要不回来了。

营造厂在闸北区和虹口区交界处的中兴路235号有一处职工宿舍，当时从成都北路的家搬迁过来想临时暂住一段时间把厂里的管理弄顺当，但是因为种种原因吧，结果一住就住了几十年。房子是独幢的二层楼木结构建筑，有一个很长的统阳台，很宽敞。在东边有一排平房，有佣人房及厨房。我们有一个很大的花园，是想留着以后发展了盖厂房的。花园里种了无花果、葡萄、冬青树及鸡冠花和很多不同颜色的月季花，还种了花生、黄瓜、丝瓜、蓖麻等。园子是用黑色的双层竹篱笆围起来的，后来小孩子调皮，抽上面的竹竿打着玩，抽到后来篱笆就没有了。再到后来，有家邻居看中了我们的大园子，来求情想造一间房子住，我的先生很慷慨，一口就答应了，结果一造就造了两层楼房。其他的邻居一看郭先生这么好说话，今天这一家来说，我们是不是能在你家园子里盖个小厨房？我们说好的好的，你们搭吧。明天另一家又来说，我们想在你家园子里搭个披厦，堆堆东西。答应了一家，不能拒绝另一家，所以这么搭来搭去，后来我们的大园子就被蚕食掉了。那时候"文化大革命"已经开始了，我丈夫说，算了算了，难道还想再造厂房吗？随他们去吧。

郭光熙脾气好，对我真是百依百顺的。

那时候没有双休，只有在星期天休息，每个星期天我们下午都要出去听书，或者吃点心，有时看电影。他烟酒不沾，叫他学跳舞也不肯，说要踩别人脚的，就是喜欢足球，只要有比赛，再远也要赶过去看。他还爱好京剧，拉得一手好京胡，常请人来家里唱京剧，他则用二胡和京胡伴奏。

我虽然是苏州人，但喜欢吃咸的。他却特别喜欢吃糖吃肉，冰糖炖的蹄膀，甜得不得了，他一个人就能吃一只。我怕他吃多了对身体不好，不许他吃，但他还是馋。有一次家里烧了蹄膀，我坐着他不敢吃，等我刚刚离开一会，他筷子一伸，一张蹄膀皮掀下来，几口就吃下去了，等我回来一看，蹄膀已经变成剥皮蹄膀了。生气也没有用。

他原来有哮喘，发作的时候，走十几米远就要喘，要赶紧喷治哮喘的药水，才能缓过气来。后来我自己给他治，针灸，背上下针，再用艾绒灸，一个伏天天天打，给我看好了。

他有高血压，退休后中风了，送医院打吊针。原来不知道他有糖尿病，医院还给他吊葡萄糖，吊得都抽筋了，一检查，才知道他已经是糖尿病人了。医院也没什么好办法，还是我自己给他针灸，第一次针灸针好了，他忘乎所以，到处出去玩，第二次又中风了，这才答应不出去，经常约一些好朋友到家里来，喝茶聊天。

但是他的嘴还是管不住，像个"老小孩"。规定他一天只好吃十粒糖，有一次我看见一大堆糖纸，问他是谁吃的，他说不知道谁吃的，反正不是我吃的。其实我知道，不是他吃的还能有谁呢？

他后来还是因为高血压脑血栓、糖尿病的并发症去世的。享年八十二岁了。

聪明的儿子媳妇

我儿子和媳妇的性格相差蛮大，儿子喜欢运动，但媳妇好静，一天到晚就坐着看小说。他们两个为什么会走到一起，有两个原因，一个是 50 年代中期他们都喜欢看外国片子，听音乐会，看世界名著，唱英文歌，所以有共同语言，聊得来。另外一个原因，我媳妇外表温顺，性格却比较叛逆，有人跟她母亲说我儿子跟她不合适，但她觉得这是自己的事，与别人没关系，所以不顾家里反对，还是跟我儿子结婚了。

我刚结婚时没有马上生小孩。儿子是我们领养的，是个很聪明的男孩子，长得倒也和我先生有几分相似，很有灵气，家里非常宝贝。

儿子叫郭诚，数学非常好，在复旦大学读书的时候，苏步青很看重他。大学毕业分到江西，在赣州冶金学院当教师。人很聪明，经常会到全国各地参加各种比赛，围棋啊、象棋啊、桥牌啊，样样都会。我的孙女叫郭罂，小时候丹丹喜欢跟她闹着玩，一打架郭罂就哭着喊，大姑好，小姑坏！大姑好，小姑坏！

第一张全家福

儿子一家

你说怪不怪，这个遗传因子真的没有办法。我们祝家的人，字都写得很好，但是他直到当了大学教授，在黑板上一写字，还会引起哄堂大笑，因为他的字写得实在太差了。"文革"时有人举报他是资产阶级，被关进牛棚。有一段时间我们失去了联系，"文革"后期恢复了来往，才知道他吃了很多苦，在牛棚里被他们打断过几根肋骨，因为他性格倔强不肯低头认罪。后来孙女郭罂考取了上海交通大学，周日也经常回来看我。有段时间我儿子儿媳都调到海南儋州热带作物学院当教授，儿媳妇也当了系主任，我曾带着清清丹丹一起去海南过春节，他们则每逢放暑假都回上海

儿子郭诚

儿媳来沪探亲

　　探亲，一家人其乐融融，开心了很长一段日子。儿子最后一次来上海时，走楼梯不小心摔了一跤，我在旁边扶了他一把，当时儿子叹了一口气说，我可能这是最后一次来上海了。没想到这句话居然真的成了最后诀别。儿子前几年因患了帕金森综合征，过早地离开了我们。

　　我的媳妇是我们祝家的亲戚，叫我嬢嬢。她大名叫朱慧福，小名叫囡囡，到现在我的两个女儿清清丹丹还是叫她囡囡姐。以前她在上海第一医科大学读书的时候，每到休息天就会到我们家里来玩，有时我们一起去看看电影，吃顿饭。照理她跟儿子的性格相差蛮大，儿子喜欢运动，但媳妇不喜欢运动，一天到晚就坐着看小说，英国的法国的，饱览世界名著，有时候听听音乐。他们两个为什么会走到一起，有两个原因，一个是 50 年代中期他们都喜欢看外国片子，所以有共同语言，聊得来。另外一个原因，我媳妇外表温顺，性格却比较叛逆，有人跟她母亲说我儿子跟她不合适，但她觉得这是自己的事，与别人没关系，所以不顾家里反对，还是跟我儿子结婚了。要是家长撮合的话，或许她反而就不同意了。

儿媳第一医科大学毕业后被分配到江西景德镇，儿子复旦大学毕业后也要求分到江西，但却被分配到了赣州冶金学院。虽然他们都在江西，但还是分居两地，一段时间后再调到了一起。他们每年都在攒路费，为了暑假可以回上海探亲。

我媳妇嗜书如命，只要有一本书就觉得很开心。"文革"时他们家里的书被抄掉了，有一次她听我儿子说，看到那些被抄掉的书和唱片都堆在一个地方，她这么胆小的一个人，居然冒着危险把那些书都偷了回来！"文革"结束后，各种版本的世界名著都出版了，她开心坏了，说要把被抄掉的书全部买回来。买书她很舍得的，但在别的地方倒是蛮省的。

我孙女交大毕业后到江西南昌江铃汽车集团当工程师，我儿子儿媳在海南退休后也回到了南昌。我儿子去世后，我儿媳及孙女她们差不多一两年就会回来看看我，对我也很孝顺。今年 8 月我曾孙雷梧枰考取了纽约大学，我真是开心啊！他们全家从南昌开车到上海来送行，我们四代人还在一起拍了张全家福。

性格迥异的两个女儿

两个女儿性格迥异，天差地远。清清文静，坐得住，心灵手巧，绣花、剪纸，什么都会，很小就会烧饭烧菜了，还会拉小提琴。丹丹却一点都不像女孩子，整天就是歪戴着帽子，背着枪，打打杀杀，连走楼梯都不会好好走，没想到最后竟然成了专业的书法家和画家。她在书法表演时，很多行家都说她有祝枝山的风范呢。

领来郭诚之后，我流掉过一个龙凤胎，后来生了大女儿清清，清清以后又流掉过一个，以后又生了小女儿丹丹。

清清属鸡，所以叫郭醴，有个酉字旁，酉就是鸡嘛。

我当时有个想法，想让清清做音乐家。清清文静，坐得住，小时候学小提琴，老师一周上门来教三次课，她学得很好，六岁时就可以上台表演了。红卫兵抄家时还叫她拉琴给他们听。"文革"时老师不敢来教，就停掉了，很可惜，要是学到现在，一定可以成才的。

两个女儿性格迥异，天差地远。

小时候两姐妹一人一个饼干筒，我出诊回来总要带点零食给她们，糖果、华夫饼干或者巧克力之类的，清清拿出糖果点心看看，就放好了，不舍得吃，但是到后来自己一点都吃不到。她哥哥会哄她说，你把饼干筒藏好，要是让我找到了你就要给我吃一样东西的哦。清清就去藏，她还小，不知该藏到哪里去，所以给哥哥一找就找到了，一样一样就这么都给哥哥吃掉了。丹丹也是，拿到手的东西，不到一个钟头就吃光了，然后就把空的饼干筒放在地上踢，踢得丁零咣啷的。丹丹一不开心就说清清欺负她，吵着要告诉大人，为了哄她，清清就拿出饼干筒里的东西给她吃，或者用铅笔橡皮来哄她。

清清心灵手巧，从小绣花、剪纸都会，练字也很自觉。有时

大女清清　　　　　　小女丹丹　　　　　　童年的清清和丹丹

候喜欢跟着佣人学做家务，买菜、烧饭、整理。她很小就会烧饭烧菜了，小学时有一次家里过年，请个朋友来烧菜，她在一旁打下手，看看就学会了，初中时过年有客人来吃饭，她居然就可以烧一桌菜了。

　　她是1975年分配工作进的烟糖公司，恢复高考时她也犹豫过，那时候她已经挑起了做家务的大梁，想想父母连饭都不会烧，哥哥在外地，妹妹又什么都不会做，所以放弃了高考。

　　清清想当医生，她记忆好，小学里就会起针、打针、背穴位了。"文革"时她们学工学农，学校知道她有这个特长，所以被分到医务室，做点配药、打针、清创及开病假单、开转诊单的工

全家在老房子前　　　　　　　　清清和丹丹

作。上音乐课、卫生课时，老师还让她代过课，所以那时候蛮吃香的。清清也很聪明，学什么像什么。她的思维比较理性，读了会计，又读了企业管理，当过外资企业的财务，也当过凯伦酒店的办公室主任，还当过进出口贸易公司的副总经理。她在上海中医学院读了中医针灸推拿进修班，也算了了她做医生的心愿。前几年，为了家人更好地合理营养地膳食，健康地生活，清清又去读了个中级营养师课程。

　　清清有个儿子叫龚杰，在2010年结婚了。我的外孙媳叫王成，现在我又有了曾孙女龚千怡。她们一家也蛮有意思的，清清属鸡，生个儿子属鸡，讨个媳妇也属鸡。我说去她们家就像进了

郭醒全家福——与儿子龚杰、儿媳王成及孙女龚千贻

鸡窝，红烧鸡、白斩鸡、清蒸鸡，可以摆一桌百鸡宴了。

到现在家里的事还是清清操心得比较多，装修房子啊，或者买什么东西啊，我还是喜欢交给她。她对外面的行情比较了解，不像丹丹，买东西肯定被人宰。

小女叫郭丹，本来是希望她做中医的，丹方、丹心，反正是

清清在旧金山花街　　　　　　　　　小女丹丹在欧洲

这个意思。

　　丹丹有个外号叫"野和尚"，听听这个名字就知道她的性格脾气了。跟我小时候一样，她性格一点都不像女孩子，不喜欢洋娃娃，不喜欢那些女孩子的玩具，整天就是歪戴着帽子，背着枪，打打杀杀，连走楼梯都不会好好走，总是从扶梯上滑下来。为了收收她的性子，也为了祝家的书法不要后继无人，我决定让丹丹练字。五岁我就把她放在高脚凳上，放一叠毛边纸，写好了才让她下来。起先她也很"作"的，一会要喝水，一会要小便，但是时间长了她晓得赖不掉了，也就安心练字了，有时候一天要练六七个小时。

因为字好，丹丹在学校里很吃香的，隔三差五便会被老师喊去帮着出黑板报，先是班里，后是年级，到后来，学校里的黑板报每次都点名要她出，冬天小手冻得通红，有时还长出了冻疮。

丹丹小时候身体不好，容易受惊吓，有一次说看到阳台上有人走进来，穿着黑旗袍，拎着小包，戴着珍珠项链。我们一听，那相貌是我们家一个去世的亲戚嘛，很吃惊，后来还请人来做过法事。

大概小时候经常听外婆讲聊斋的故事，丹丹的想象力很丰富，文学底子也不错，起先只是自己写点诗词、词牌什么的，后来在轻工业局工作，先是帮着写点材料，后来就开始写书。1989 年，作为执行主编，她跟轻工业局的局长秘书董锡健一起编写了一本《闪光的企业精神》，由上海社会科学院出版社出版发行，当时江泽民还是市长，看了之后大为赞赏，还题写了书名。1993 年，她又与董锡健共同编著了一本《企业形象塑造》，由上海科学技术文献出版社出版。1991 年元旦，《解放日报》企业文化专栏头条发了她一篇文章，报社通知她去看小样，她就去了。当时正下着大雪，她还扎着马尾辫，看上去也就是个学生模样。主编看了她一眼说，你是郭丹的女儿吧，也行，你把稿子校对一下吧。郭丹不敢吱声，闷着头校完稿子就走了。生怕一旦被主编知道自己就是郭丹，稿子上不了头条。

丹丹当时简直是着迷了，整天不是写稿就是投稿。夏天怕影响家人，就点着蚊香躲在阳台上写，累了困了，到房间地板上睡一会，醒了继续写。大冬天的，仍然骑着自行车到处查阅资料，地上结了冰，车子不敢骑，便推着走，根本不觉得累。

说起丹丹学车，跟我也有点相似。那时候买自行车都要票的，

老姐妹和小姐妹

人家给了她一张票，她去买，买好就在大马路上学着骑，也没有人教或者帮她扶着。就这么摇摇晃晃地推一段骑一段，居然让她骑到了家里。那是一辆白色的车子，我记得很清楚。

丹丹本来也想学医的，我有个朋友，无子女，喜欢丹丹，她移民去美国，就想带丹丹去，让她到美国去考临床证书，后来因为丹丹突发病毒性心脏病，只好就放弃了这个机会。

1992 年的春节，一个亲戚来串门，说起天津一家外资企业缺个总经理。他问丹丹，你不是在研究企业文化吗？要不要去试一试？本来只是随口一句，丹丹却马上说，好的，我去，第二天，便跟清清一道坐火车去了天津。

天津有家利顺德大饭店，是天津最古老也是当时最繁华的饭店，很多名人曾住过此饭店并标有纪念铜牌，姐妹俩兴致勃勃地把其中的318房间租了下来，作为公司的办公室。318房间当年是李鸿章住过的地方，除了李鸿章，孙中山、袁世凯、梅兰芳等名人也都在利顺德下榻过。但是，毕竟以前没有搞过经营，启动资金很快就用完了，业务仍然上不去，没有经验，加上人生地不熟，拓展业务步履艰难，只好在天津写些有关企业文化的文章，最后经过再三考虑抉择，毅然放弃了外企公司的总经理回到了上海。

丹丹的经历较丰富，在中国包协中包国际合作公司当过副总，又曾派驻新加坡负责中国包协的业务联络及贸易洽谈。当时新加坡已给她办绿卡了，她居然又放弃了。去美国兜了一圈后，更觉得放弃新加坡是正确的选择。后又做过香港宏盛公司华东地区的销售经理，做过 T.A 顾问公司的中国首席代表。

到了1999年丹丹就不再上班了，成为专业的书法家和画家。她走过很多地方，亚洲、欧洲、美洲、澳洲、非洲以及中东。在美国斯坦福大学、夏威夷大学、夏威夷普纳荷（奥巴马就读的中学）、加州大学、德国汉堡大学、英国剑桥大学等都去讲过课。书画作品也被很多国家的政府、领馆、博物馆，苏州寒山寺、成都宝光寺等等收藏。她的号叫枝山小媛，她在书法表演时，很多行家都说她有祝枝山的风范呢。祝枝山的书法总算有了传人，我也算安心啦。

第四章　菩萨心的神医

唐代医学家孙思邈曾如此描绘他心目中的"大医"：凡大医治病，必当安神定志，无欲无求，先发大慈恻隐之心，勿避险巇、昼夜、寒暑、饥渴、疲劳，一心赴救，如此可为苍生大医。有时候我对照一下"大医"的标准，觉得自己行医几十年，对得起"医生"这个神圣的职业，心里很是安慰。

自学成才的"名医"

我的医术其实没有人教，完全是靠看书看会的。我主要擅长的是针灸、推拿和正骨。都说我胆大心细，很多针灸的禁区我都敢进针。大概是我运气好，看一个好一个，所以在上海我还是有点名气的，很多医院有疑难杂症的病人，看不好了，会叫我上门去会诊。

因为祝枝山是个大书法家，所以祝家历代都有个传统，就是祝家子孙都必须天天练字画。我小时候写也是写的，但并不欢喜，我跟我父亲说，我的理想是当医生，治病救人。我父亲很开明，他赞成我的选择，还帮我买了很多医书，满满一橱，我的医术其实没有人教，完全是靠看书看会的。

　　说来也怪，对自己喜欢的事，就比较上心，先是学着看舌苔、把脉，然后又学针灸，什么是虚针，什么是实针。看医书看了三四年，我就在自己身上试，怎么进针，会慢慢酸到上面来了，怎么进针，又会慢慢走到下面去了，一会胀到小腿了，又胀到脚踝了，就这么一点点体会。到自己觉得差不多了，才开始给亲戚朋友治。大概是我运气好，真是看一个好一个，看一个好一个，自己有了信心，慢慢就开始对外看病了。

　　我主要擅长的是针灸、推拿和正骨，都说我胆大心细，很多针灸的禁区我都敢进针，病人眼睛不好，我照样从眼睛周围的穴位上打进去；产妇没有奶水，我就当胸进针，一打奶就通了。我进针速度快，还一点都不痛。有的人看见这么长的针害怕，我就跟她说，人不要动，手摆好哦，话还没讲完，针都打好了。所以在上海我还是有点名气的，很多医院有疑难杂症的病人，看不好了，会叫我上门去会诊。

　　我有三个雅号，一个叫"救命皇菩萨"。这是上海地区的一种说法，意思就是像救命的菩萨一样，很多被我看好的病人都这么说，一看我去了，哦，救命皇菩萨来了，心就定了。第二个雅号是"X光手"，我在看病或正骨的时候，手在脊椎上一节一节摸下来，就知道对方哪里不好，生的是什么病，好像拍X光一样。第三个雅号是"老虎钳手"。我的手指很有劲，那是小时候练出来的，用沙袋练，一点点地加分量，二十斤、三十斤、四十斤、五十斤的沙袋，扔上去，用手指接。所以我给人推拿按摩，一般人都吃不消的。我有一个病人，是运动员，肌肉练得一块块的，力气很大。他的腰椎出了毛病，路都不好走了，找我来看病。一次不知因为什么说起，我说别看我这么瘦，我捏你一下保准你吃不消，他不相信，我就在他的血海、尺泽、曲池穴捏下去，他一下子疼得跪了下去，这才相信我没说假话。所以以后病人又叫我"老虎钳手"。当年我一根手指就可以吊五十斤的。现在不行了，唉，英雄不提当年勇。

我看病既坐堂也出诊，一、三、五出诊，二、四、六门诊，礼拜天休息。诊所就开在家里，天天一开门就坐满了人。我一个连一个地看，有时忙到下午两点才吃午饭。然后睡一刻钟，继续看病，一直看到晚上七点，然后洗澡，一杯茶，一支烟。吃好晚饭，朋友们都来玩了，有时候也有朋友让我看看病的。一天至少要看十几个病人吧。

那时候清清只有七八岁，在房间里到处跑，有的病人插满了针，看到她跑过来怕她碰到针，吓得要命，拼命叫："小孩子不要过来不要过来。"其实清清是我的小帮手，她起针非常快，病人话音未落，大约几秒针工夫，她就把病人身上的针都起出来了。

我的收费是这样的，门诊收费五角到一块，出诊收三块，但是只要过桥就变成七块了。为什么这么算，我也说不清楚，当时就这个规矩。那时候物价很便宜，现在听听几块钱算什么，但当时老百姓一个月的生活费也不过是几块钱。不管是三块还是七块，都是个不小的数目，所以叫得起出诊的基本上都是住在山阴路、华山路等地比较富裕的人家，那里的房子都很漂亮，有时候我会带着清清丹丹一起去。

我出门是比较讲究的，穿一身肩宽腰窄的西装，一条黑披风，一只黑皮包，里面三只盒子，一只放针，一只放酒精棉花，还有一只放肥皂，看好病洗手要用的。我那时候只用月宫牌檀香皂，圆形的，香气很好闻，洗过手的水都是很香的。有的老病人知道我这个习惯，也会备好檀香皂给我用，要是月宫牌的，我就用，要是肥皂不好，我就用自己的。后来月宫牌改成了扇牌，香味就差了一点。

我出诊有两个特点，一个是不在外面上厕所，一定要回到家再上；另一个是不在病人家喝水吃东西。有时候出诊回来觉得肚子有点空，就到第一食品公司买一瓶牛奶，站在那里一口气喝下去，然后瓶子一放就走。大概是我的举动有点特别，食品公司的人都认识我了，远远地看到就说，那个喝牛奶的人又来了。

我爸爸很早就跟我说，你既然要治病救人，对富人可以收钱，对穷人就不要收钱。这句话我一直记在心里，而且照办的。对穷人，我一概不收费，有时候还倒贴药钱。大陆新邨有一个画家叫张悲鹭，画百虎图的，听听是画家，实际上穷得一塌糊涂。家里两个孩子一个老太。有一次我去看病，正好碰到收煤气费的来了，他们也付不出，结果我不光没收出诊费，还替他们付了煤气费，第二天又买了点吃的东西叫人送过去。

被我治好的两个西医

都说西医先进，但有的西医自己生了病却无可奈何。有一个中山医院的医生，下肢瘫痪不能动了，看了不少医院，一点用都没有。我天天上门帮她下针、推拿，整整花了一年半的时间，就完全好了。还有一个新华医院的医生，被一只老鼠吓瘫了，病历看了厚厚的一沓都没看好，结果也是找到我才帮她看好的。

都说西医先进，但有的西医自己生了病却无可奈何，只好来找中医。我就看好过两个西医。

有一个中山医院的医生，叫周玲怡，嘉兴人，是个儿科医生。有一次她帮一个小孩看病，那个孩子比较胖，自己上不了医疗床，她就抱了他一下，没想到把腰扭了。原来以为不要紧的，谁知居然慢慢地就不能动了，其实是腰椎压迫神经导致下肢瘫痪，连路都不能走，看了不少医院，一点用都没有。那时她结婚不久，才二十多岁，住在二医的病房里，整天只能靠在床上哭。当时我在上海滩已经有点名气了，有人推荐说，你还是找祝医生看看吧。那时还是"文革"期间，找我这个私人医生必须经过工宣队同意，好在工宣队也没有刁难，同意我去帮她看病。我用我的 X 光手沿着她的脊椎一节节摸下来，是什么毛病就知道了。我对她说，你的背部脊椎都出了毛病，看是看得好的，但你要有耐心，起码要花一年半时间。开头一段时间我天天上门帮她看，下针，推拿，后来情况好转了，就隔天去一趟，整整花了一年半的时间，真的就完全看好了。

西医对中医的治疗方法不了解，西医打针，针头都要反复消毒，但我给她打针，老长的针，隔着棉袄就打进去了，把她吓坏了。一是想我怎么不消毒，隔着棉袄打会不会感染，另一个是穴位是不是打得准。其实这些穴位我闭着眼睛都不会打错。后来时间长了，晓得我的技术，她也就放心了。

病好后她对我非常感激，上班后还到我家来看我，我去出诊时硬要留我吃饭，那时候虾不大容易买得到，她想方设法买了虾，吃饭时往我碗里拨了半碗，非要我吃。很多年后，丹丹有事找到她，自我介绍说，我是祝医生的女儿，她还是很热情的，帮了很多忙。

还有一个新华医院的医生，叫王如华。那时候医生都要下乡送医送药的，住在农村，草房，煤油灯。一天晚上她一个人在房间里，听见梁上有窸窸窣窣的声音，心里就有点害怕，没想到梁上一只老鼠掉了下来，正好砸在煤油灯上，把煤油灯弄灭了，她受了惊吓，当场就吓瘫了，脚都不能动了。后来也是到处看病，病历看了厚厚的一沓都没看好。结果也是找到我才帮她看好的。据说她后来去了广州。

荒诞的"文化大革命"

那些红卫兵起先很蛮横，说，金银财宝统统给我们拿出来，话不要多，多就打你。我想，钱这东西，生不带来，死不带去，没啥稀奇的，于是就把腰上的钥匙当嘟嘟扔在五斗橱上，说，所有的东西都在橱里，你们自己拿吧。那些红卫兵没想到我会这么爽气，也愣住了。

"文化大革命"让很多人家破人亡，我们没那么惨，但回想起那段日子，很多事都叫人啼笑皆非。

我们家也被抄过，来抄家的既不是厂里的，也不是街道的，完全是那些野路子来的红卫兵。那些大串联来的红卫兵，到处转，打听，看看我们家的房子像资本家，就问邻居，这家人家是不是资本家？邻居说是的。那有没有被抄过家？邻居说没有。他们就说，怎么能让资本家成为漏网之鱼呢？于是他们闯了进来。当时我父亲在苏州生病了，我们前去探望，接到电话，说家里有人来抄家了，病中的父亲担心我们被红卫兵批斗折磨，劝说我们连夜赶回了上海。

我一点都不怕他们，见面就问，你们来干什么？红卫兵起先很蛮横，说，金银财宝统统给我们拿出来，话不要多，多就打你。我想，钱这东西，生不带来，死不带去，没啥稀奇的，于是就把腰上的一串钥匙当啷啷扔在五斗橱上，说，所有的东西都在橱里，你们自己拿吧。那些红卫兵没想到我会这么爽气，也愣住了，我听见几个女红卫兵在说，这家人家怎么一点都不心疼呢？当然，银行保险柜的钥匙我没交出去，交出去我们日子就难过了。

因为我们家有电话，所以红卫兵就把这里当办公室了，晚上就住在我们楼下。他们也不是很懂，一套套的西装，他们只拿上衣，裤子不拿，也不知他们拿去怎么穿。我有两大箱子银行支票存根，留着备查的，他们说这是我们的变天账，全部拿走了。有一个皮鞋盒子，脏兮兮的，其实里面是一把钨钢剪刀，他们不知道那个值钱，后来我把它卖了，卖掉两千块钱，当时两千块钱很多了，有几个朋友家也被抄，经济困难，我就这家两百那家两百地都分了。还有一件紫貂大衣，他们也没拿去，我后来也把它卖了。虹江路有家店，说中央有个大领导要找这么一件紫貂大衣，他们听说我想卖就上门来收，都是按尺寸算钱的，好像也卖了两千块。

不过有些东西被抄掉我很心痛的。郭光熙喜欢集币，他收藏了很多中外的古钱币，都用丝绒口袋一个一个装好的，很多，结果都给抄走了。最可惜的是我的一副首饰，很大的翡翠如意别针，旁边都镶满了钻石，耳环是垂肩的，也是翡翠镶钻，都没有了。我家还有一个祖传的德国古钟，叫"四摆天"，上一次发条可以走四百天，有近两百年的历史了，据说很值钱，后来抄家物资归还时我提出还有这么个古钟，希望能够归还。当时在街道有一个主任，大概是管这件事的，他倒是蛮负责，帮我四处去找，一直找到博物馆都没找到，估计是被懂行的人拿走了。

有些事说出来也蛮有趣的。

我们家隔壁也是一家资本家，姓周，好像是裘天宝金店的老板。有一次老夫妻俩被红卫兵批斗，搭了一个台，叫他们跪在上面，戴上高帽子，还要喊打倒自己的口号。跪着跪着，那老头子忽然笑了起来，红卫兵问他笑什么，他说，以前我跟老太婆结婚的时候，也是这么跪着的，也是戴上了高帽子的，现在怎么又结婚了？台下的观众都哄笑起来，红卫兵有点下不了台，就说，好了好了，散会。老夫妻俩开开心心回去了，我还听见那老先生大声说，肚子饿了，开饭了开饭了！其实，他是嘴上硬，心里总归是郁闷的，睡到半夜，他家人来敲我的门，说周先生心脏病发了，请你去看病。我马上赶过去，给他下了针，留针观察，直到他的脉搏正常了我再回来，要是冒冒失失送医院，可能反倒危险了。

我们那时候还有水电公司的股票，水电公司倒蛮讲信誉的，有一个工程他们欠了我们七百块钱，"文革"时工程停下来了，但账上还有记录，所以"文革"结束后他们公司又发通知叫我们去领。

"文革"时我们也没吃什么苦，老话说，穷则穷，还有三担铜，所以我们照样过日子，佣人买菜时，好菜放在下面，上面盖点烂菠菜，这样路上不大招人显眼。抄家以后，我们照样叫出租车，出去吃点心，有邻居说，弄了半天，资产阶级照样当资产阶级，我们工人还是工人。

说到佣人，家里本来有两个，后来派出所的民警跟我说，祝兰宝同志，你家的佣人赶紧回掉，自己做做吧。我说，我什么事都不会做的。民警说，还是自己学学吧。我嘴巴上答应，但心里发愁，真要是都回掉了，家里这一大摊子怎么办呢。后来我还是留了一个，民警问起来，我就说，这不是我雇的，是我把房子借给她住，她顺带帮我做做事。这也是大实话，那个佣人跟儿子都住在我们这里。这个宁波阿姨带着儿子一住就是十七年，直至百年归老（但是她儿子去了新疆，没能赶回来送终），后来那民警说，既然是这样，也就算了。

那时候有电话的人家很少的，周围邻居也经常会来打打电话，所以"文革"时电话也没拆。

经久难忘的疑难杂症

我这个人有点白求恩精神，看好一个病人，就开心得不得了，只要接收了病人，就一直到看好为止，用现在的话说，就是不抛弃、不放弃。以前有句老古话，叫"直的进来横的出去"，我是让人"横的进来直的出去"。

这么多年了，但是有的病人的病例我至今还记得十分清楚。

也是在"文革"期间，有一个七八岁的小男孩，住在八一钢铁厂附近。一次他赤脚玩耍的时候，不小心踩在钢渣上面。那些钢渣看上去没什么异样，但是还没有冷却，温度很高，他的脚筋一下子给烫得蜷缩了，抽起来了。到第四医院去看，医生建议开刀，要是不开，将来的腿不是瘸就是僵直不能弯曲，要是开刀呢，也不一定开得好，而且还要五百块钱手术费。他们家经济条件很差，根本拿不出五百块钱，就把孩子带回了家。后来听别人说有个祝医生，对穷人不收钱的，孩子的父亲就把他背了过来。

孩子的病情确实严重，有人对我说，你这种病人也接收的话，万一看不好，牌子就砸了。我说，万一看好了，就是做好事。我天天帮他推拿，后来居然完全好了，一点后遗症都没有。那个男孩抱着一只大白鹅来送给我，父亲陪他一起来的，还说，这是孩子自己养的，一定要送给祝医生。好肥好肥的一只鹅哦。我不肯收，孩子怎么都不愿意，后来怕伤了孩子的心，还是收下了。

有个资本家（记得他的太太是歌唱家叶如珍，他姓陈，名字我忘了），"文革"时叫他劳动，打扫卫生。有一次叫他刷标语，他搬了把梯子爬上去，结果一不小心摔了下来，人当时就不能动了，是用担架抬到我这里来的。我替他一检查，腰椎间盘突出，骨头压迫神经了，必须正骨。我叫他双手抱肩，再叫一个人抱牢他的胯骨，我在他背后，叫他咳嗽一声，趁他咳的时候，我左面一扳右面一扳，然后用莪术油给他擦了一会，最后我说好了，你起来走吧。他不敢相信，他说我在家里动都不能动的。我坚持叫他站起来，他一试，真的站起来了，可以走了。以前有句老古话，叫"直的进来横的出去"，我是让人"横的进来直的出去"。

还有一个叫朱宝海的病人，记得是电子管二厂的，人长得很帅气，一米八六的个子，大眼睛白皮肤，篮球打得很好。他们夫妻俩结婚多年一直未能生育，病历卡看了厚厚一沓，还是看不好，也找到我这里来了。我跟他们说，我又不是妇产科医生，但他说，听说你专治疑难杂症，所以我来试试看。我搭了搭脉，心里有数了。我对他说，你要是能听我的话，包你养个大胖儿子。他说，只要做得到，我肯定听你的话。我说，你们夫妻分开睡，两个月不能同房，能不能做到？因为我一搭脉就知道，他肾亏得一塌糊涂，所以越是急越是生不出。我一方面让他们不要同房，一方面给他吃药打针，补气补肾。两个月一到，他的状况明显好转，我说可以了，你们可以睡在一起了，没多久，他来报喜，老婆有喜了。又过了一段时间，大胖儿子也抱来给我看了，那儿子长得虎头虎脑，好玩得不得了。后来他到处讲，祝医生连儿子养不出的病都能看好的。

还有一个女孩，长得又黑又胖，一直找不到男朋友，后来好像有点花痴了。家里也叫我帮她看。我就跟她谈谈讲讲，开导她，然后再帮她推拿，舒筋活血，后来神智清楚了，也找到了男朋友。男朋友也长得不好看，但是总算相互有个伴。

有一个小男孩，我们叫他洋娃娃的，长着一副娃娃脸。家住在四川北路横浜桥一带的。他的姐姐好像他的娘一样，照顾得无微不至。他大约三五岁的样子，生的是蚕豆病，手脚无力，口水不断，他姐姐用推车把他推来，我就在他的任督二脉上推，任督二脉是所有穴位交汇的地方，所以推任脉督脉是很有效果的，后来他的病情也明显好转了。

山阴路一带有个老佣人，肩膀痛得整夜都睡不着。她以为自己生了什么怪病，要死了，所以一直哭。有人介绍她到我这里来看，我一看，只不过是漏肩风嘛，我就给她在肩上下针，很快就好了。

另外，一个叫杨青的歌唱家和一个叫赵家璧的作家，也都是我的病人。赵家璧说，我的病在医院里看不好，只有在你这里手到病除。

著名画家颜文樑跟我们家来往很密切，他家好像就住在淮海公园那里，我跟我先生一起去过。他的妻子也是我的病人，跌伤之后，也是我去推拿的，出诊费也不收。照理可以问他讨幅画，现在他的画很值钱的，但当时我从来想不到这些。

我这个人有点白求恩精神，看好一个病人，就开心得不得了，只要接收了病人，就一直到看好为止，用现在的话说，就是不抛弃、不放弃。

我先生以前帮我记下了很多病例，什么人，什么病，第一次开的什么药，用针又是打的什么穴位，有什么症状，效果怎么样。但是这本《疑难杂症病案实录》在抄家时弄丢了，不然我根本不需要回忆，本子一翻开来就清清楚楚了，而且，很多病例还可以提供给其他医生做研究。实在可惜。

两个难忘的夜

有一个大年夜，家里很多亲戚朋友在吃饭，电话来了，说徐汇区中心医院有个病人，一定要请祝医生来看一趟。那个病人已经是绝症，大便不通腹胀如鼓，用开塞露等西药都不管用，所以请我去试试。我在他的肚皮上气海、关元、天枢穴进针，又在打过针的穴位上进行按摩，加强刺激。后来听护士说，那个病人终于睡了个安稳觉。

我这个人有个特点，说到做到，只要约好的出诊，绝对是雷打不动。1971年还是1972的一年冬天，上海下大雪，很大很大的雪，沿马路的店铺都在门口铺稻草、撒砻糠、铲雪，但是到了晚上，马路上结了冰，所以很多行人都跌倒跌伤送进了医院。那天我约好到中山医院去看病人，上午八点就出去了，可是到晚上八点都没回来。家里的人都急死了，那时又没有手机，只能干等，隔一会儿去阳台上看看，隔一会儿再去阳台上看看。很晚了，才远远地看见一个人像熊一样慢慢地走过来（因为穿得多嘛），走近了才发现是我回来了。原来，去的时候还好，车还能开，但晚上路面结了冰，公交车开了几站，说不能开了，车上的人只好下来走。走一段，看看前面又有车子可以乘了，再乘一段。就这样走走乘乘，好几个小时才到家。

有两个夜晚我是一辈子都记得的。

一次是个大年夜，家里很多亲戚朋友在吃饭，正有说有笑间，电话来了。是徐汇区中心医院打来的，说是有个病人，一定要请祝医生来看一趟。我说我家里一大家的客人呀，怎么走得开呢。家里的客人听见了，就说你去吧去吧，我们等你。

我穿上长大衣，戴上手套和大口罩，就到医院去了。走到门口，医院的门卫不让进，说探望时间已过，不能进。我说我今天是一定要进的，说完我把大口罩一拉。门卫笑起来了，说祝医生原来是你啊！进去吧进去吧。这家医院我经常去的，所以都认识。

那个病人已经是绝症了，大便不通腹胀如鼓，用开塞露等西药都不管用，所以请我去试试。我在他的肚皮上气海、关元、天枢穴进针，背后又进了两针，用的是两寸半的针，捻针，再留针一刻钟，然后起针。我又在打过针的穴位上用手指进行按摩，加强刺激。然后洗好手就走了。后来听护士说，那个病人整整拉了两扁马桶，睡了个舒服觉。护士对他说，你是睡舒服了，人家祝医生大年夜都没有过安稳。不过回到家里客人都没有走，我们继续吃继续玩。

还有一个夜晚也记忆犹新。

邻居家有一对姐妹，跟我们关系一直很好。一天晚上，我已经上床睡了，睡得迷迷糊糊间，妹妹过来敲门，说外婆外婆不好了，我姐姐喝敌敌畏自杀了，请你快点帮她看看！我被子一掀，连鞋袜都来不及穿就奔了下去。我知道，像这样的情况需要急救，要是用中医的方法可能就耽误了，所以我叫她赶紧打电话叫救护车。她父亲正在上夜班，同时再打电话叫她父亲回来。

救护车来的时候那个姐姐好像已经不行了，口吐白沫，人一动不动。我跟着担架一起走到救护车前，一直目送车子开走，才松了一口气。可能是因为高度紧张，我转来转去找不到回家的路了，在附近乱转，后来碰到一个邻居，问，你到哪里去啊祝医生？我说我要回家呀，但是家找不到。那邻居说，你家不就在前面吗？哦呦，这才回到家里，到家一看，我居然还赤着脚呢！

这个女孩虽然不是我看的病，但我也算是救了一条命，要不是我当机立断送医院，可能就耽误了。

我的三大法宝

我看病有三大法宝：一是自己编的口诀，只要这口诀烂熟于胸，重要的穴位就都在掌握之中了。第二是一种用来推拿按摩的油，叫莪术油，伤风感冒、中风昏迷、跌打损伤、腰膝麻痹等，只要在不同的部位穴位搽擦按摩，就可以痊愈，有点包治百病的味道。我还自创了一个叫"子午流注开穴表"，设计得很科学，也很实用，当时没有申请专利一说，不然这个表绝对可以申请专利了。

我一直讲，是我运气好，所以那么多疑难杂症都能看好。其实，我在医学上也是很用心的，我看病不是头痛医头脚痛医脚，而是整体治疗。譬如，我对督脉就很重视，督脉是脊椎旁边一寸半的地方。每节脊椎都管一个内脏，癌症要是看得早，照样看得好。就是没有毛病，经常推推督脉也能健康，延年益寿的。

我有个学生，去了美国，在那里开了个诊所。她一直希望我去，还到处跟人家讲，我的老师要来了。美国赚钱很好赚的，我也犹豫过，但毕竟有家庭有子女，后来想想还是没有去。

有个叫石霜和的医生，他是留日的医学博士，学的是整形美容，在上海开了个美容诊所，当时很有名气。他生了病找我看，后来就熟悉了。他说我的手指修长灵活，特别适合做整形美容，动员我跟他合作。我没有答应，但经常会去看他做手术。有一个女孩，脸上有块青记，他就拿刀片把那块记一点点削掉，用棉签在一个药水瓶里蘸蘸涂一下，说是止血，再到另一个药水瓶里蘸蘸涂一下，说是消炎，简单包一下，两周后一看，哎，真的好了，青记也没有了，也蛮神奇的。

要说我看病，最依赖的有这么三大法宝。

一是自己编的口诀：一大椎，二风门，三椎肺俞，四厥阴，五心督六，七隔八，九肝十胆，十一脾，十二胃，十三三焦，十四肾……

这口诀清清、丹丹都会背的。只要这口诀烂熟于胸，重要的穴位就都在掌握之中了。

第二.是一种用来推拿按摩的油，叫莪术油，我最相信的。这是正茂隆药房的祖方，风行东南亚已经五十多年了，总厂在印尼孟加锡。这个油很管用，不管是伤风感冒、中风昏迷、刀伤烫伤、跌打损伤、背痛肚痛、腰膝麻痹、蛇蝎咬伤，还是小儿泻肚妇女痛经，只要在不同的部位穴位搽擦按摩，就可以痊愈，有点包治百病的味道。现在这个油大陆买不到，只有到香港去买。

我还自创了一个叫"子午流注开穴表"，用硬纸板做的，当中用揿钮固定，上面划出很多项目，一一对应。这个小小的表包含着许许多多的东西，病人的舌苔、脉搏、脸色，虚症还是实症；对应的穴位，主穴还是辅穴；阴阳五行还有时辰等，因为看病的时辰也要跟病人的时辰对应起来，才容易治疗。这是很有道理的，譬如莪术油，就要求搽的时间是上午十点到下午两点。

这个"子午流注开穴表"设计得很科学，也很实用，当时没有申请专利一说，不然我这个表绝对可以申请专利了。

第五章　金不换的岁月

我以前经常在马路上看到这样的安全宣传标语："高高兴兴上班来，平平安安回家去。"最近热播的电视剧《甄环传》也有一句话挺对我胃口的，那就是"岁月静好"。我想，不管是普通百姓还是文人雅士，平安、快乐，大概是所有人希望过的日子吧。我这一生过的就是这样的日子。

平平凡凡的日子

我的日子过得很安逸，每天上午去虹口公园跳跳舞，回来泡一杯茉莉花茶，抽一支烟，听听音乐。我喜欢世界名曲、轻音乐，还有邓丽君和朱明瑛的歌。那时候还是卡带，没有CD的。下午亲戚朋友一起搓搓麻将。搓麻将一是为了朋友们可以聚聚，二来也是为了动动脑筋防止痴呆。

"文革"时不准看病，只有老病人私底下偷偷地来看看，"文革"后出诊也少了，只有下午看看门诊。诊费有时收有时不收，为了搞好关系，街道的、派出所的来看病，我都不收费的。大概到六十岁左右，我基本上就不再帮人看病了，偶然有亲戚朋友老

老牛仔

在家中

熟人找上门来，碍着面子不好推辞的，最多看一两个，其他的病人就都回绝了。我那一橱的医书，有人要就叫他们自己拿，后来都拿光了。那以后的很长一段日子，好像都没有什么记忆深刻的事，大概是日子过得太平凡了吧。

我先生还在的时候，我在家里照顾照顾他，泡一杯茉莉花茶，抽一支烟，听听音乐。我喜欢世界名曲、轻音乐，还有邓丽君和朱明瑛的歌。那时候还是卡带，没有 CD 的。下午亲戚朋友一起搓搓麻将。我搓麻将是"老书记"了，基本上都是输的，小时候偶然赢了，姐妹们也会说，四小姐你赢了，给我点吧，我就说好吧好吧给你们点吧，所以赢了也等于白赢。搓麻将一来是为了朋友们可以聚聚，二来也是为了动动脑筋防止痴呆。

吹奏葫芦丝

钢琴表演

我中兴路的房子拆迁后，在万科买了房子，我和大姐、清清丹丹也都住在万科。

因为自己是学医的，知道抽烟不好，所以年纪大了，烟就不抽了。别人问我你戒烟啦？我说不是戒，是现在不抽。戒的话就不能再抽，不抽的话什么时候想抽还可以抽，不过到现在我再也没抽过。

我的生活还是蛮有规律的，早上起床，吃好早饭休息一会，看小花（保姆）收拾房间，腿脚好的时候我会围着电梯跑几圈。年轻时我是"飞毛腿"，脚步很快的，现在不行了，跑久了腿会酸，抽筋。跑完后到床上靠一会再起来吃午饭，饭后还要睡一会。午睡是很好的，我叫小花也要养成午睡的习惯，有时候饭吃得晚了，

圣诞节和小花

我就对她说，碗不要洗了，先放着吧，抓紧睡一会。下午起来我还要泡泡脚，用电动的足浴盆，烫或者冷可以自己调节。虽然方便，但我不是很喜欢，后来又叫她们到七宝去买了个木头桶来洗脚。有时候梳梳头，跟小花聊聊天，听她讲乡下的故事，儿子女儿的事。晚饭后一家人坐在一起开开玩笑，喝喝茶，我弹弹钢琴或者吹吹口琴或葫芦丝，手指多活动脑子就不会坏。九点半之前我一定要去睡觉了。我睡眠很好的，一觉到天亮。

天好的时候我会叫小花用轮椅推我到长寿公园晒晒太阳，有时候女儿出门了，我就对小花说，走，我们到顺风大酒店去吃饭，小花就用轮椅推我去，吃好再回来。

没事的时候我就浇浇花。家里种的是富贵竹，有高人说，我家的富贵竹长到屋顶就要搬家的，后来长到屋顶了，真的从万科搬到陕西路来了。现在富贵竹又长得一人高了，不知长到屋顶的时候会不会再次搬家。

小花是安徽人，在我家做的时间长了，跟我们都相处得不错。我这个人没有什么发愁的事，但每次过年小花要回家，我就会不大开心，因为临时找来的保姆都不合适，事情不会做，比我们起得晚，睡得早，饭菜也烧得不合口味。有一个保姆洗了点窗帘也要问我要钱，她问我，我今天表现好吗？我说不错，她就说，那就奖励一下吧，我就给了她一百块。钱倒无所谓，关键是她们做事都不自觉，还老是要钱，不像小花，过年给小花红包，小花还不肯拿，推来推去的。

科学健康的膳食

我的饮食还是比较讲究的，早餐就要吃七样东西，一顿早饭，从八点吃起，要吃一个小时，既是享受美食，也是享受过程。肉吃得不多，最多吃个一两块。无鳞鱼也不吃，吃点新鲜的三文鱼和花鲢鱼头汤。喝牛奶的习惯多年未改，年纪大了，骨质疏松，更需要牛奶补钙。晚餐的主食是粥，晚饭后吃一粒维生素 C，一粒多种维他命，一粒液体钙，一粒通心络。半夜要是醒了，就喝上几口水。

我的饮食还是比较讲究的，早上五点一醒，就在床上用吸管吃一支蜂皇浆。然后再眯一会，六点起来大小便后，再到床上靠

闲暇时光　　　　　　　　　　　　　试穿旗袍

一会儿，然后换衣服，刷牙洗脸梳头，再开始吃早餐。早餐基本上有七样东西：黑木耳，用冰糖隔夜熬好，早上吃一小碗；美国红提或橙子榨汁，喝一小杯；一只水潽蛋，我喜欢吃溏黄蛋，水开只要煮五分钟就一定要拿下来，不然蛋黄就老了；两片面包，烘箱烘一烘，里面夹上一片火鸡腿，火鸡腿现在大超市里都能买到的；自己家用黑豆、黄豆等几种豆打成的豆浆，喝一小杯；最后再喝杯自己磨的咖啡，自己磨的咖啡香是香得来，喝下去浑身舒畅。一顿早饭，从八点吃起，要吃一个小时，既是享受美食，也是享受过程。

中午十二点吃午饭。肉吃得不多，最多刚烧好吃个一两块。无鳞鱼也不吃，吃点新鲜的三文鱼和花鲢鱼头汤。鸡蛋早上吃过

打乒乓

了，中午晚上基本上不吃，有时候喝点紫菜蛋花汤。

下午四点半左右我要喝一杯牛奶。喝牛奶的习惯多年未改，年纪大了，骨质疏松，更要牛奶补钙。要是肚子有点空，再吃一两块小点心，或者一小把瓜子仁或松子仁。

晚餐的主食是粥，菜呢，荤素都吃点。红烧猪蹄、火鸡肉、炒芦笋、黄瓜拌海蜇，小鱼炒腰果等。有时候丹丹还会帮我倒上一口红酒。

晚饭后吃药，一粒维生素C，一粒多种维他命，一粒液体钙，一粒通心络。半夜要是醒了，就喝上几口水。

猪蹄不光好吃，而且营养丰富，它具有补血、滋阴、通乳、益气、脱疮、去寒热等功能，我国古代医家早就推崇吃猪蹄，认为它比猪肉更能补益人体，如清代《随息居饮食谱》记载，猪蹄"填肾精而健腰脚，滋胃液以滑皮肤，长肌肉可愈漏疡，助血脉能充乳汁，较肉尤补"。猪蹄有丰富的胶原蛋白，大家只知道吃猪蹄可以美容，其实它对消化道出血、失血性休克等病症还有一定疗效，还可改善微循环，使冠心病及缺血性脑病得到改善。经常食用，可以防治进行性肌营养障碍。所以要是喜欢吃肉的人，我建议还是多吃猪蹄。

芦笋对高血压、心脏病、心率过速、疲劳、水肿、膀胱炎、排尿困难等症均有一定疗效。近年来，还发现它有防止癌细胞扩散的功能，对膀胱癌、肺癌、皮肤癌均有疗效。

火鸡中国人不大吃，其实它蛋白质含量高，但脂肪低和胆固醇低，从中医的角度看，火鸡肉益气补脾，是很理想的健康食品。

常吃三文鱼的好处就更多了，它不仅可以降低血脂和胆固醇，预防糖尿病和心血管疾病，还有增强脑功能、防治老年痴呆和预防视力减退的功效。

所以在我家的餐桌上经常可以看到这几道菜。

当然，饭后能再吃一点纳豆就更好了。纳豆能够改善便秘、减少血脂、预防大肠癌、降低胆固醇、软化血管、预防高血压和动脉硬化、抑制艾滋病毒。还具有很强的解毒作用，因而可以抗癌、防止老化。纳豆里还含有大量的维生素 K2，它可以生成骨蛋白质，只有骨蛋白质与钙一起才能生成骨质、增强骨密度。

糖醋姜也是好东西，嫩姜用醋浸泡，早上吃一点，可以驱寒。水果都是好东西，苹果炖熟可以治疗便秘及腹泻双重功能。猕猴桃可以降低胆固醇，只要连吃一个月，胆固醇就下去了。还有纯黑巧克力，对心脏也好，她们买来整块的纯黑巧克力，回家敲开来放在饼干筒里，想吃的时候吃一块，方便。

还有吃点天山雪莲果也不错。天山雪莲果又叫天山雪莲子，有点类似葡萄干。产自青藏高原雪山一带，富含蛋白质、藻角质和氨基酸，《本草纲目》称雪莲果有辛温、祛痰、抗菌、活血、降血压的功效，与燕窝等一起蒸炖更加好。

我活到九十多岁，内脏都很好，没有什么毛病，唯一的病痛就是骨质疏松。我先后骨折过两次，第一次是到朋友家去玩，她家有一只猫，我进门的时候猫就趴在门口，我生怕踩到猫，想让，但脚已经跨出去了，一下子没站稳跌倒了。跌下来的时候手撑了一下，粉碎性骨折。后来是我自己固定的，再用红花泡水熏，半个月就好了。

还有一次是我跟大姐一道去烫头发，那时候大姐还没进医院，我走路也不要轮椅。过马路时，小花一手拉着一个，眼看还有三四步就到上街沿了，大姐却忽然转身往马路中间走，我怕她被车子撞，转身拉她，一脚踏空，脚背两根骨头就断了。当时还不知道，就是有点痛，硬撑着去烫头发，烫好再回家。那天正好丹丹有事，回家给我擦了点红花油换了衣服就出去了，等她晚上回来一看，我坐在床上已经痛得睡不着了，脚背也发青了。赶紧打120，到普陀区人民医院去看，说骨折了。夜间的值班医生是实习医生，石膏没打好，一直痛，小年夜的时候又到浦东北蔡的安达医院去，拆开石膏重新打。这次骨折比较厉害，三个半月脚还是踏不下。那时候大概已经骨质疏松了吧。

知道自己骨质疏松是一次因为膝盖痛，去医院拍片做检查，一测骨密度，-6，已经很严重了。治疗是打一种针，一周打一次。那种针对肠胃影响很大，一个小时不到就要上厕所，几个礼拜下来大概是适应了，大便少点了，一天只要跑四五趟。再去医院的时候我问医生，有没有吃的药呢？最好不要打针了。医生说有。后来配了一种荷兰的药，叫福善美，每周吃一粒。吃了一段时间停一停，再去做了六十次理疗，觉得睡在床上不难受了，又去做了个骨密度，-5.3，稍微好一点了，但还是要吃药，吃药就容易泻，现在水果都不大敢吃了。因为骨质疏松，我现在跑步也不能跑了，在家里还可以走走，但出门基本上要依赖轮椅。

除了骨质疏松，其他没什么毛病，最近眼睛白内障，开了刀，视力已经好多了。

要说遗传，还真的是神奇。你看我手掌的掌形，别人的手掌边缘是弧形的，圆的，但我们祝家门的人手掌都是方的，我让很多人看过，别人都很惊讶，说从来没有看到过这种掌形。我听女儿丹丹的朋友说，祝家在湖北孝感还有一支，已经传了二十代啦，近年他们的后人准备到江浙一带来寻访祝枝山的后人，我想，要是他们找到我，我一定叫他们把手伸出来看看，要是方的掌型，那就对了，一定是一个老祖宗，要不是，那就说不准了，有可能到了湖北孝感水土不服，方的手掌也变圆了，哈哈，你们也别当真，说笑而已。

快快乐乐的时光

我的生活还是蛮丰富的，空下来就教小花跳舞，三步四步，跳错了重来。或者教她唱英文歌。每年春节，理发店的老板娘都会要我第一个去剪头发，而且不要钱。因为我是初五生日，初五早上大家都要接财神、放鞭炮的，老板娘说我就是财神，初五早上把我接到店里开个张，一年可以赚到头。

我们家里一直是笑声不断的。小花也说，"老爷"讲话笑死
个人。小花一直叫我"老爷"，客人们听见了都很奇怪，问为什么，
其实也没什么原因，因为脾气像男的，不像太太，而且我经常会
说，事情做得好老爷有赏，或者是，帮老爷把茶端过来，所以小
花也就叫我"老爷"了。丹丹她们则叫我董事长，每次吃饭，顶
头的位置都是我坐的，因为是董事长的位置。所以不管年纪多大，
在家里我还是老大。

照理年纪大了一天三顿饭，应该很枯燥的，但我的生活还是
蛮丰富的。空下来我会教小花跳舞，三步四步，跳错了重来。或
者教她唱英文歌《新年好》（Happy New Year）：

Happy new year

Happy new year

Happy new year to you all

We are singing

We are dancing

Happy new year to you all

还有一首歌叫"Spring"（《春天》），是一首讲述爱情的歌，
我教会了小花，小花回去时唱给她女儿听，她女儿吓了一跳说，
不得了，妈妈不光会唱英文歌，还会唱爱情歌曲了。

有一年春节，小花又回家了，清清脚骨折了，丹丹又不会做
家务，没人烧饭。她们对我说，妈，今天早上吃好早饭你就睡觉，

中午没饭吃的哦。我没有办法，只好躺在床上。初一中午有人来拜年，是一个万科的老邻居，清清只好爬起来去开门。对方年纪大了，大老远地赶来不好叫她空着肚子回去，家里又没有什么菜，所以清清只好下了点面。面下好了，她来叫我，妈，起来吃饭了，我一听开心了，哎呀，有饭吃啦！一骨碌从床上爬起来，把他们都笑翻了。

还有一次，家里有客人来，聊天的时候丹丹见我笑得很开心，就问，妈妈，你什么事这么开心？笑得嘴巴都合不拢。我随口说了一句，我是为了让大家看看，我这副牙齿一万块呢。我装的一副烤瓷牙的确花了一万块钱，但咧开嘴笑，完全不是要让大家看我牙齿，不过我这么一说，客人们都非常佩服，觉得我脑子反应快。以后只要我开心地笑，丹丹她们就会说，妈妈一万块的牙齿又露出来了。

我年轻时就是近视眼，眼镜有一千多度，玳瑁镜边的茶色镜。后来年纪大了，觉得度数有点深，就叫女儿帮我重新配一副。我说就减一半，配个五百度的吧。眼镜店里的人说，怎么能随便减一半呢，要来验光的。丹丹回来叫我去验光，我不肯去。配眼镜的人很为难，对丹丹说，万一配好了不好戴，谁负责呀？我叫丹丹跟他说，不好戴不要你负责！结果配好一戴，正合适。

每年春节，理发店的老板娘都会要我第一个去剪头发，而且不要钱。猜猜为什么？因为我是初五生日，初五早上大家都要接财神、放鞭炮的，老板娘说我就是财神，初五早上把我接到店里开个张，一年可以赚到头。

都说祝枝山反应快，我的反应跟祝枝山也有得一拼。前一次丹丹跟我寻开心，吃饭的时候说，妈妈，你的盘子背面是什么图案，

在香港迪士尼　　　在邮轮上

你把它翻过来看看。我一想，盘子翻过来里面的菜不就倒出来了吗？我哪有那么傻，以为我是那个买油的傻子啊？

　　你们有没有听说过傻子买油的故事？说是一个傻子拿了一个碗去买油。走到店里，说打半斤油。店家打了四两油，碗就盛不下了，伙计问，盛下的油往哪放？傻子把碗一翻说，就盛在碗底吧。这一翻，那四两油就洒了。到家了，傻子的妈妈问，半斤油怎么就这么点啊？傻子说，下面还有呢，他把碗再一翻，结果，剩下的油也全倒了。你说这傻子傻不傻？虽然我九十多了，但我不会上这个当的。我就跟她说，我盘子底下的图案跟你们的是一样的，你要看，就把自己的盘子翻过来看吧。嘿，这么一来，她没办法了，

在澳门赌场

我是"伊丽莎白"

说，妈妈的反应真快。

还有一次，也是丹丹的一个朋友，都说她太极拳打得好，我就说，我也跟你学吧。说得她愣在那里，半天答不上话来。她心里肯定在想，九十多岁的人了，学什么太极拳啊。我接着又说，这样吧，我到银行把年纪存掉个五十岁，这样只剩四十多了，四十多岁学太极拳应该没问题吧！那个朋友这才反应过来，笑得前仰后合，说我太幽默了，脑子也太灵光了。

有一天，家里的保姆小花买来一只鸡，说是乌骨鸡。我一看，以前的乌骨鸡骨头黑，但皮不黑的，现在的鸡皮是黑的，但骨头却不黑，奇怪！我再一想，哦，对了，现在黑皮比较时尚，连奥

老当益壮　　　　　　　九十四岁的书法

巴马都当总统了，所以鸡也要赶时髦了。

丹丹给我准备了一个本子，说要把我平时的笑话都记下来。要是什么人得了抑郁症，这个本子就是最好的药方。

虽然腿脚不便，但我还是喜欢出去走走。前几年女儿们带我去杭州、深圳，去海南，还去了香港、澳门、新马泰。在香港珍宝海鲜坊，有一把"龙椅"，可以穿着老佛爷的服装拍照片的，一百块钱一张。我穿了衣服拍了一张，大家看了都说有派头。女儿经常带我去酒店过圣诞节，晚上在餐厅用餐时还有乐队演奏。

九十四岁的书法

为了照顾我，小花也去了，跟我住一间房，所以这几年小花也见了不少市面。有次去皇家艾美酒店，一位老外在电梯里看着我一头卷卷的白发问我是真的还是假的？我回答说我是伊丽莎白，这头发当然是真的啰。老外也乐了，跷起大拇指夸我幽默。

有趣的故事很多，我也不一一述说了。

有一天我跟丹丹一起去她的朋友家玩，一进她家的客厅，发现墙上挂着一幅字，上面写着"有志者事竟成"。我猛然想起，昨晚我做了个梦，梦中写的正是这几个字，不过"有志者事竟成"的前面还有两句，"竹有节，人有志"，然后才是"有志者事竟成"。大家听了都觉得稀奇，叫我赶紧写下来。我已经很多年没提笔了，没想到再次提笔写大字，竟然气不喘手不抖，写出来的字大家一致说好，连我自己都感到惊讶。可能是小时候基本功比较扎实，也可能是与生俱来的能力吧。所以，现在我每天空下来又多了一桩事，就是写字。我希望能多写几幅字留下来，给小辈们作个纪念。

向朱匡宇先生赠书法

思古抚今忆祖先

苏州跟祝枝山相关的地方有几处,苏州今天的人民路568号,正是当年的"祝厅",当年苏州城市改造时文管部门曾承诺,会整体拆除后重建,现在也不知怎么样了。祝枝山的故居在三茅观巷,据说现在成了敬老院。还有就是祝家园。祝家园古名笮里,是春秋吴国大夫笮融所居,相传4号原来的梅园,是祝枝山修建。要是对祝枝山感兴趣的,可以去那些地方看看。

三茅观巷　　　　祝家园

　　说得差不多了，还是再说说我的老祖宗祝枝山。祝枝山只活了六十七岁，他有两子一女，大儿子祝继，官做得比父亲大，是副省级的广西左布政使，小儿子历史上没什么记载，还有一个女儿，有一部潮剧叫《祝枝山嫁女》，讲的就是祝枝山之女祝月华的故事，但是否真的就不知道了，没听父母说过。

　　苏州跟祝枝山相关的地方有几处，苏州今天的人民路568号，正是当年的"祝厅"，1985年苏州城市改造时文管部门曾承诺，会整体拆除后重建，现在也不知怎么样了。

　　三茅观巷，据说是南宋道士倪玄素开山祀三茅真君所以建观

桃花坞大街廖家巷口

的，祝枝山故居就在巷内，据说现在成了敬老院。

　　还有就是祝家园。祝家园古名笪里，是春秋吴国大夫笪融所居，相传4号原来的梅园，是祝枝山修建。也不知真假，历史嘛，信就信了，像我们这些后人，也犯不着那么顶真。要是对祝枝山感兴趣的，可以去那些地方看看。

　　父亲还跟我们讲过唐伯虎和沈九娘的故事。沈九娘原来是明朝苏州的名妓，那时唐伯虎是解元，书画也已经名扬天下了，他本不想再走科举道路，但妻子何氏却热衷于功名利禄，逼他参加大考。1499年，唐伯虎决定赴京赶考，何氏在长亭为他饯行，前去送别的还有好友祝枝山。祝枝山不光是一个人去，还带去了沈九娘和徐素两位花中魁首。徐素弹琵琶，沈九娘唱吴歌，为唐伯虎送行。唐伯虎第一次见到沈九娘就对她一见钟情，以后，他在京师会试时遭人诬告，被逮捕坐牢，后来确定是一场冤案后，才被释放。唐伯虎灰溜溜地回来，妻子非但没有好言安慰，反倒收拾包裹回娘家去了，说"若待夫妻重相聚，除非金榜题名时"。后来果然与唐伯虎离异，嫁给了一位显官作续弦夫人。

亲友劝唐伯虎再娶妻，但他心中唯有沈九娘。中秋之后，他去看望九娘，见九娘手持一把团扇，就在上面题诗："秋来执扇合收藏，何事佳人重感伤？请把世情详细看，大都谁不逐炎凉。"沈九娘虽是青楼女子，但识大体懂人心，那段日子多亏沈九娘给唐伯虎安慰和鼓励，才使他不再颓废，静下心来写字画画。后来在祝枝山的安排下，由即将离任的苏州知府王鏊主持了唐伯虎与沈九娘的婚礼。

唐伯虎娶沈九娘后移居桃花庵。桃花庵在桃花坞，桃花坞在离平门不远的桃花坞大街。唐伯虎曾写过《桃花庵歌》，所以苏州的桃花坞这一地名家喻户晓。唐伯虎晚年和沈九娘住在这里时，用卖画得来的钱造了些亭台楼阁，种了一片桃树，所以，根本没有什么唐伯虎点秋香，都是后人编造的。我父亲还说，四大才子都是正人君子，调皮促狭是有的，但都是真正的文人雅士。

桃花坞我小时候去过的，现在回想起来，只记得桃树林中弯弯曲曲的青石板小路，不知什么时候还有机会回去看看。

人生就像一本书，如果你们对我的人生感兴趣，那就抽空翻开来读读吧。

后记

  帮妈妈出书的念头，源于一次朋友间的聊天。

  有朋友说起两本传记，一本是著名的语言文字学家周有光写的《我的妻子张允和》，另一本是张允和自己写的《最后的闺秀》。张家是苏州的缙绅富户，四个闺女有才有貌，嫁的都是名人，大姐张元和与小生名角顾传玠结为伉俪，二姐张允和是著名语言文字学家周有光的夫人，三姐张兆和是著名作家沈从文的夫人，四姐张充和是美国耶鲁大学著名汉学家傅汉思教授的夫人。叶圣陶先生曾说："九如巷张家的四个才女，谁娶了她们都会幸福一辈子。"

  听着她们的故事，我忽然就想到了妈妈。妈妈是祝枝山的后人，也是名门闺秀。她小时候的生活，她接受的教育，体现她才华和智慧的故事，我们虽然零零碎碎地听到一些，但毕竟没能构成妈妈完整的一生，要是能把她的人生经历留下来，特别是她所知道的关于老祖宗的传说，岂不是一件很有意义的事？回家跟姐姐一说，她也十分赞许，于是，经过一段时间的筹划，便有了现在这本书。

  从我的一个念头到一本书，其中凝聚着很多朋友的辛劳。

  首先我要感谢撰稿人董煜，她不仅多次上门跟妈妈聊天，启发她的回忆,将妈妈零碎的记忆片段编撰成文,还花了不少时间,在苏州地方志等网站上查找资料,做了大量的基础工作。

我要感谢苏州姑苏区作协的孙骏毅主席,他将自己多年收集的有关祝枝山的史料奉献出来,对妈妈口中的老祖宗传说作了严谨的考证和补遗,为本书增色不少。

我还要感谢我的挚友沈文军先生,他不但为了此事耗费了大量的人力物力,多方奔走筹措,还慷慨出资,促成了这本书的出版发行。

感谢沈丽小姐,她把朋友之托当成了自己的责任,为了该书的出版牵线搭桥,周到细致地安排方方面面的约谈。

我更要感谢朱匡宇先生,他不顾自己大病初愈,放下当领导的身段,愿意为一个普通老太太的书写序,锦上添花,让我深为感动。

要感谢的人还有很多很多,难以一一言表。

妈妈的一生平平淡淡,尽管也经历过战乱和磨难,但是她活得滋润,活得洒脱,在大多数人都抱怨自己生不逢时时,她却给自己的一生下了定论——生逢其时。她的乐观精神,值得我们小辈们敬仰。

真心地祝愿妈妈长寿!

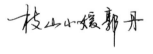

2013 年秋

图书在版编目（CIP）数据

生逢其时/祝曼峰口述；董煜，孙骏毅撰稿. —
上海：文汇出版社，2014.4
ISBN 978-7-5496-1171-3

Ⅰ.①生… Ⅱ.①祝… ②董… ③孙… Ⅲ.①回忆
录－中国－当代 Ⅳ.①I251

中国版本图书馆CIP数据核字（2014）第065565号

生逢其时

口　　述／祝曼峰
撰　　稿／董　煜　孙骏毅
责任编辑／吴　斐
装帧设计／周　丹

出版发行／ **文匯**出版社
　　　　　上海市威海路755号
　　　　　（邮政编码200041）
印刷装订／苏州华美教育印刷有限公司
版　　次／2014年5月第1版
印　　次／2014年5月第1次印刷
开　　本／880×1230　1/32
字　　数／70千
印　　张／4.25

ISBN 978-7-5496-1171-3
定　　价／39.00元